不可思議

方嚴

二〇二三年書法詩歌創作專輯

序

國立台灣藝術大學榮譽教授　林進忠

當代傑出書法家無隅盦方嚴（連全）先生長年寢饋筆墨，藝遊書道迭有創獲，早在四十一年前即奪得全國大專書法比賽首獎，之後即屢獲獎賞，民國七十二年連續得到教育部文藝創作獎、台北市美展、全省美展三大獎賽第一名，並於民國七十九年獲得中山文藝獎殊榮。方先生的書法由傳統走向現代，融合古今博涉而約取，自有感悟與主張，除視覺造形構成形式更趨多樣化，亦從文化內涵、生活化應用等各面向探索創作，使書法藝術的表現更加豐美而多彩。

方君有極為紮實深厚的筆墨功夫，擁有精巧圓熟的文字書寫巧能，兼攻篆隸草行楷各體書法，各具悠宜均有優異表現。法度、範式是書寫持用的準繩，但創作時追尋的常是「出新意於法度之外」、「存法度於新意之中」，在技能精熟自如之後，藝術的創作是有定則而無定法，他的作品呈現出文字書寫在筆墨趣韻與表現形式中蘊含無窮變化，實質則是法度形式的質化出新。學書在法，而作書以意，情思理念是其書法藝術創作最重要的血脈動力。其積蓄多年參研古今各家融會貫通靈活應用，書法表現的形質趣韻頗為生動，而作品內容與形式亦頗豐富多元，在承揚傳統內涵本質之中生發現代藝術創作精神，充分展現其自我理念情境與神采風尚，迭有創獲佳構頗為精妙。

近期方嚴先生有些大作著力表現於行草書，經由書寫而成的點線形質趣韻及其書寫行氣與動勢、空間構成等，書寫表現的形式內涵與產生的畫面構成效果頗有可觀。唐張懷瓘《文字論》云：「深識書者，惟觀神彩，不見字形。」所謂神彩，就是點線面視覺元素的綜合構成效果，是分鋒各讓、合勢交侵、相剋相生、相反相成，所謂微妙而難名的整體視覺神彩表現。以方先生創作書寫表現的視覺藝術而論，書法的大局主要在分黑度量、布白虛淨，以氣為重。其筆勢運轉即在行氣，氣得則形體隨生，行間流貫而疏密有致、形勢欹正而錯落起伏，則作品的神彩畢現，足資感人。

書法創作是以情思為導引，在心手無間下以適用之巧能書寫，於作品筆墨形質之中流現質氣神彩，而展現出書如其人的自我風味。對於筆墨精熟的方嚴先生而言，諸多異質的筆墨形質都是其創作運用的棋子、演員，是構成整幅疾澀、行氣、韻律、虛實、變化，展現神彩趣韻與風格所擁有的各種筆墨技能，在其創作的情思理念傾訴引導下，筆墨形質可以是端莊與流麗、剛健與婀娜均相互含雜並具，依構思布局之需而適切各宜地搭配表現。唐代孫過庭《書譜》云：「心不厭精，手不忘熟。若運用盡於精熟，規矩諳於胸襟，自然容與徘徊，意先筆後，瀟灑流落，翰逸神飛。」方嚴作書即是以心為運，澄懷觀道則自我的情性生發幻化為其心畫情境。

方嚴是位兼具能妙的善書者，持有筆墨形質的書寫之能與藝術創作理念情思表現之妙，長期發展故能創造出卓越的成就，是創作經驗與閱歷學養俱豐的傑出書家。中國書法創作的表現形式與技法，從歷代的論述中可知並非墨守成法不求自我風貌的。古人所云如「不當問工拙、意足我自足」、「詩不求工、字不求奇，天真爛漫是吾師」、「我書意造本無法，點畫信手煩推求」等，其實古人並不是真的無法，但在領會書法藝術的精髓後，肯定自我存在的價值，但求自然而天成。畢竟藝術的價值是因創作理念而存在，技法係因表現之需要而生，故蘇東坡云：「吾雖不善書，曉書莫如我，苟能通其意，常謂不學可。」藝術表現原即在追求包羅萬象的異趣存在與可能，而非跨越時空的古今相同表現齊一。賞讀方嚴的書法作品可以感知，其揮毫創作必處於五合交臻，達神融筆暢、言忘意得之境，呈現心手會歸、心悟手從，情感思想與表現技能相輔相成而調和，故能「窮變態於毫端，合情調於紙上」，書寫創作的情調獲得完美的調合。

方君尤擅詩文，詩歌頌吟的心靈意境是其表達情思寄託胸臆最為暢神的國度。文字是通用的意象符號，書法作品中的文字是具有含意內容與一定形相結構的，它在視覺藝術價值之外另有文學性、歷史性等卓越的文化內涵價值，這是書法藝術卓越而獨有的表現特質，也是書法藝術能夠表現人生與思想情境的優異性。方嚴先生長期悠遊於任情恣性的書道天地，他的書法藝術是藉由書寫文字以傳達其自我情思理念的創作表現，即唐孫過庭所言「達其情性，形其哀樂」，在本質上，是一種描寫情意的藝術哲思表現。情思理念與點線筆墨形質之質用有別而總合一體，在其運用適切自如的表現技能傳達下，架構出整幅作品的風格與神彩，追求自我的傳情蘊意，具體展現中國文人詩書畫一體，參合天地「神與萬物交」探得「天機之所合」，藉筆墨言志抒情的藝術創作旨趣。

此次是自 2012 年他受邀於高雄明宗書法藝術館展出，又於台南文化中心、台中大墩文化中心展現書藝博得嘉許鼓勵後在國父紀念館的展作，新舊併呈，其中展出他臨深時潛能激發的大通屏巨作－蜀道難，及少為人知的小楷書、詩歌創作，就教於諸賢達，承其不棄丐序於我，於此獻曝，或未能盡其意之萬一，祈不吝指正。

目次

林進忠序 2
書法 6
節《彌勒本願經》 7
番薯・只望 8
龍禪 10
遇見貴人 11
劉長卿〈彈琴〉 12
杜牧〈江南春〉 13
杜甫〈夜宴左氏莊〉 14
篆書對聯 15
杜甫〈上兜率寺〉 16
拾穗・閒人 18
不誣方將 20
天公疼憨人2 21
《般若波羅蜜多心經》 22
李翱〈贈藥山惟儼〉 23
孟浩然〈與諸子登峴山〉 24
臨〈不嬰簋蓋〉 25
無際大師〈心藥方〉 26
家後 28
篆書對聯 29
憶事・引杯 30
一步一步 32
唐代黃檗禪師〈上堂開示頌〉 34
好運當頭 35
龍定 36
蘇東坡〈柳氏二外甥求筆跡〉 37
臨《陰符經》 38
陸游〈秋風亭拜寇萊公遺像〉 40
杜甫〈春日憶李白〉 41
以閑・將壽 42
龍象 43
會心不遠 44
望得佛 45
王昌齡〈從軍行〉 46
大篆對聯 47
嚴復〈題講經堂〉 48
天公疼戇人1 49
吃菓子拜樹頭 50
聯句〈學以・不誣〉 51
梅蘭竹菊 52
李白七絕九首 54
程明道・敬 56
白石道人〈馬上值牧兒〉 57
李白〈獨坐敬亭山〉 58
立志・留心 59
孟浩然〈春曉〉 60
一帆風順 61
李白〈聽蜀僧彈琴〉 62
明・于謙〈石灰吟〉 63
愛拼才會贏 64
百德・多財 65
家己・恰贏 66
李白〈蜀道難〉 67
大歐・小歐 74
杜甫〈詠懷古蹟五首〉 76
陸放翁詩五首 78

80 臨〈兒寬贊〉
82 《佛說觀彌勒菩薩上生兜率陀天經》
84 文天祥〈正氣歌〉
86 林仙龍〈重逢〉
87 余光中〈鄉愁〉
88 〈繩鋸・水滴〉對聯
89 **詩歌**
90 南無彌勒佛
91 南無濟公活佛
92 菩提吟
94 蓮花淨土
95 留得清白在人間
96 有你作伴
97 妳是阮的生命
98 黃昏菩提
100 傳燈
101 一世人的愛
102 一點真心
104 方嚴書法詩歌創作 後記
107 簡歷

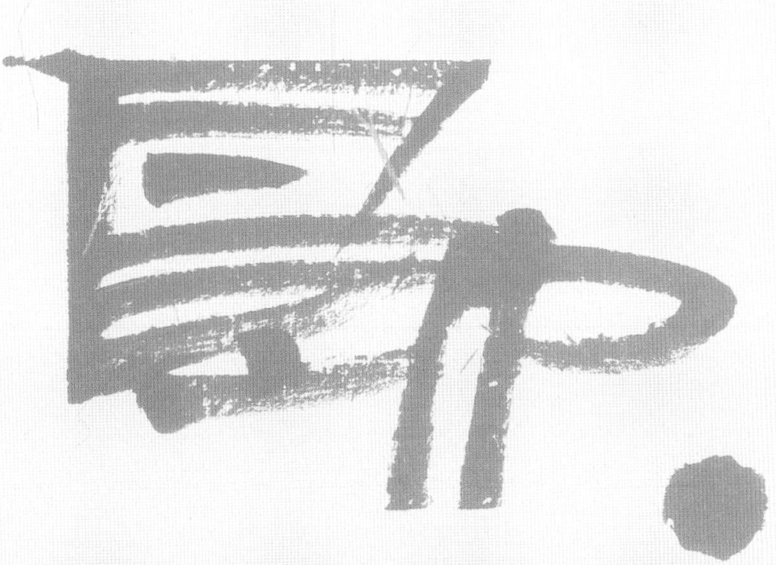

書可說法，書在說法，藉法而內渡己外渡他，原來書法是道場。

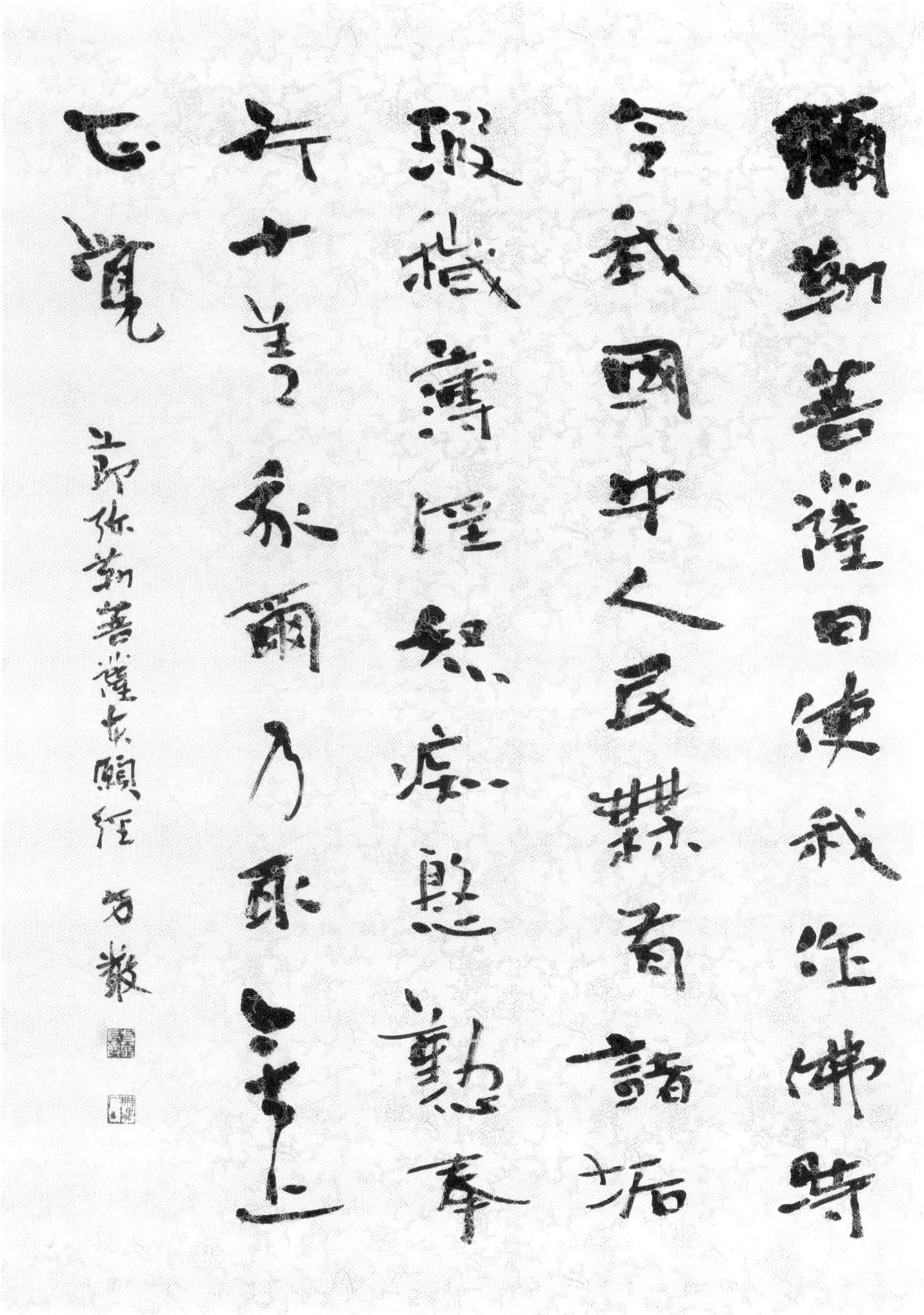

《彌勒本願經》

96×65 公分／2018

釋文：彌勒菩薩曰：「使我作佛時。令我國中人民。無有諸垢瑕穢。薄淫怒癡。慇勤奉行十善。我爾乃取無上正覺。」

款識：節彌勒菩薩本願經　方嚴

後記：另有《悲華經》載：「彌勒發願在刀兵劫中擁護群生，是即慈隆即世，至極之慈，一切權小皆無能勝，故以為名。」

《一切智光明仙人慈心因緣不食肉經》：「願我世世不起殺想，恆不噉肉，入白光明三昧，乃至成佛，制斷肉戒。」

《大乘本生心地觀經》：「彌勒菩薩法王子，從初發心不食肉，以是因緣名慈氏，為欲成熟諸眾生。」

都是記述彌勒佛的大事姻緣，尤其是《大寶積經》載：「爾時世尊，即伸右手……以摩彌勒菩薩頂，作如是言：『彌勒，我咐囑汝，當來末世，後五百歲，正法滅時，汝當守護佛法僧寶，莫令斷絕。』」明白交付渡化娑婆世界任務，「後五百歲」指的是 2500 年後的今日。（方嚴）

當姿于莪如浮云去墳
只此一枝羌
代之發

荄隐汔诳一刻
戊午才巖

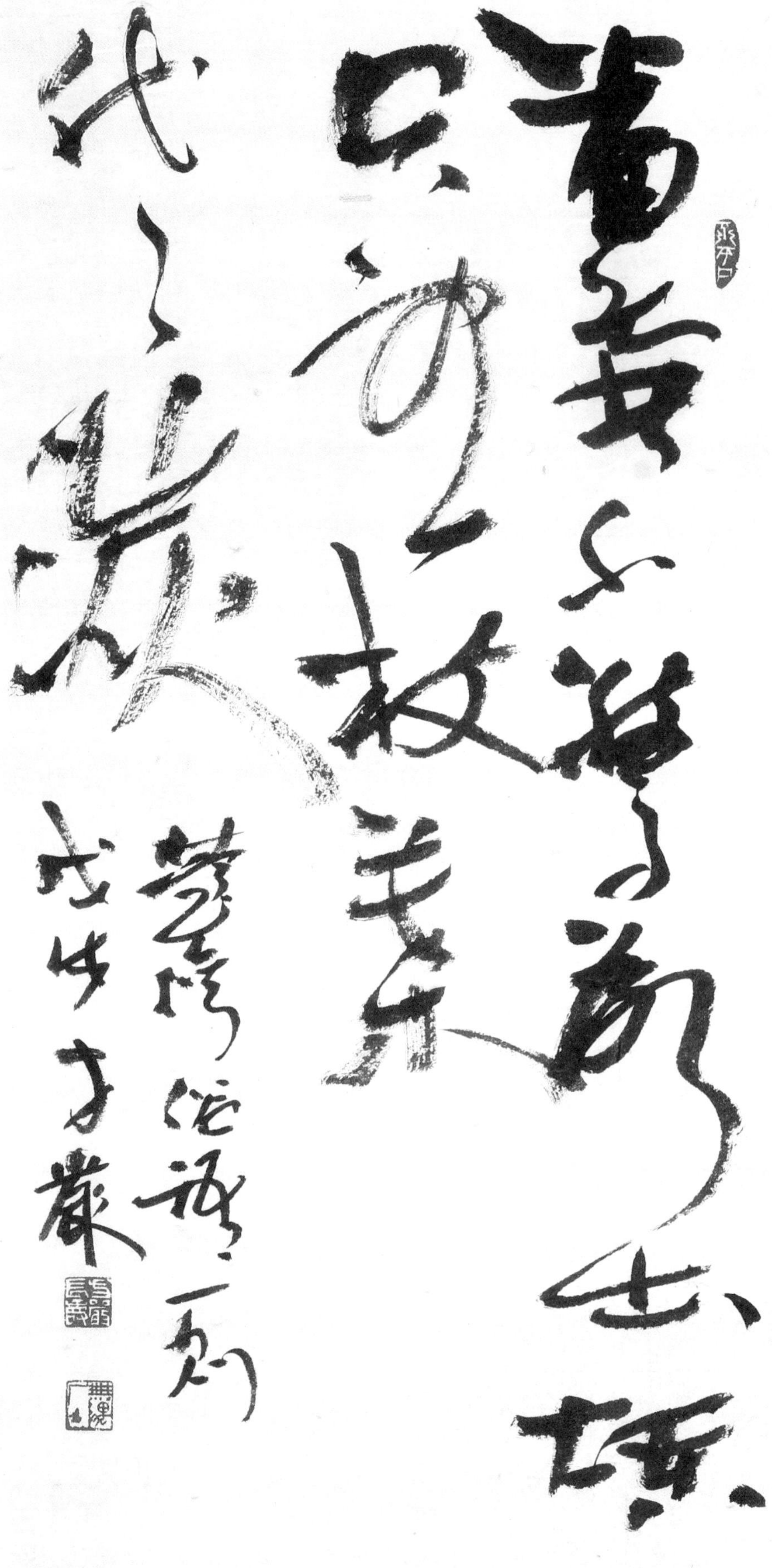

番薯．只望

69×45 公分／2018

釋文：番薯不驚落土爛　只望枝葉代代湠

款識：台灣俗語一則 戊戌 方嚴

點評：這件作品運用拆解字形、點畫的聚散、連筆的效果，加上草書較難辨認的特性，造成畫面虛實難明，驚奇迭出的效果。如「番」的「田」字，筆畫聚集左半，連成一片，留下一針孔的白，右半留空，黑白強烈對比。「薯」字上半佔極大的比例，最下的「日」短筆畫帶過，虛實互換，令人難以捉摸。第二行的「望」字，用極簡的筆畫，加上末筆將筆畫拉長後加最後的短橫，乾枯的線條，被上、下、右三邊筆墨都較密的包圍中，有畫龍點睛之妙，最末「湠」字雖墨較乾，但字形特大，有欲罷不能之意，畫面的輕重聚散，正有《書譜》所謂的「或重若崩雲，或輕如蟬翼」之妙。（蘇英田博士）

點閱：台灣俗語，湠就是生湠，婚禮時新娘入門前過火炭，就是代表生湠，繁衍子孫之意。從潤到燥，從緩到速，不羈形式地蔓延，堅忍強韌、自信自在地生湠。一筆連綿，揮「湠」成篇；枝葉相繫，編織為田。宜蘭民主運動先驅郭雨新的名言：「千年根，萬年藤，番薯不驚落土爛，只望枝葉代代湠。」說明台灣這塊形似番薯的土地上的人民，即便在貧瘠惡劣之地，只要冒出新芽，就能枝葉成長而茂盛。刻苦耐勞、堅持信念就是台灣人的番薯精神。老師生長於鄉村，土親地親，想必對『番薯』情深意濃，從滋潤「番薯」起筆，盤枝錯藤之「薯」堅定的落土，稍緩了一口氣—只，接又大大的盼「望」著，枝葉能一點一滴節節生湠。「湠」字雖止，右捺不停，代代繁衍，生生不息。朱紅的引首章，讓人在欣賞「番薯」時，不由得移駐視線，像一塊紅番薯，又彷彿是淌著一滴心血，相輔相成。給我方寸土，回報滿眼綠－番薯，先民之粗食，今日養生保健之聖品也，我喜歡！（陳墨）

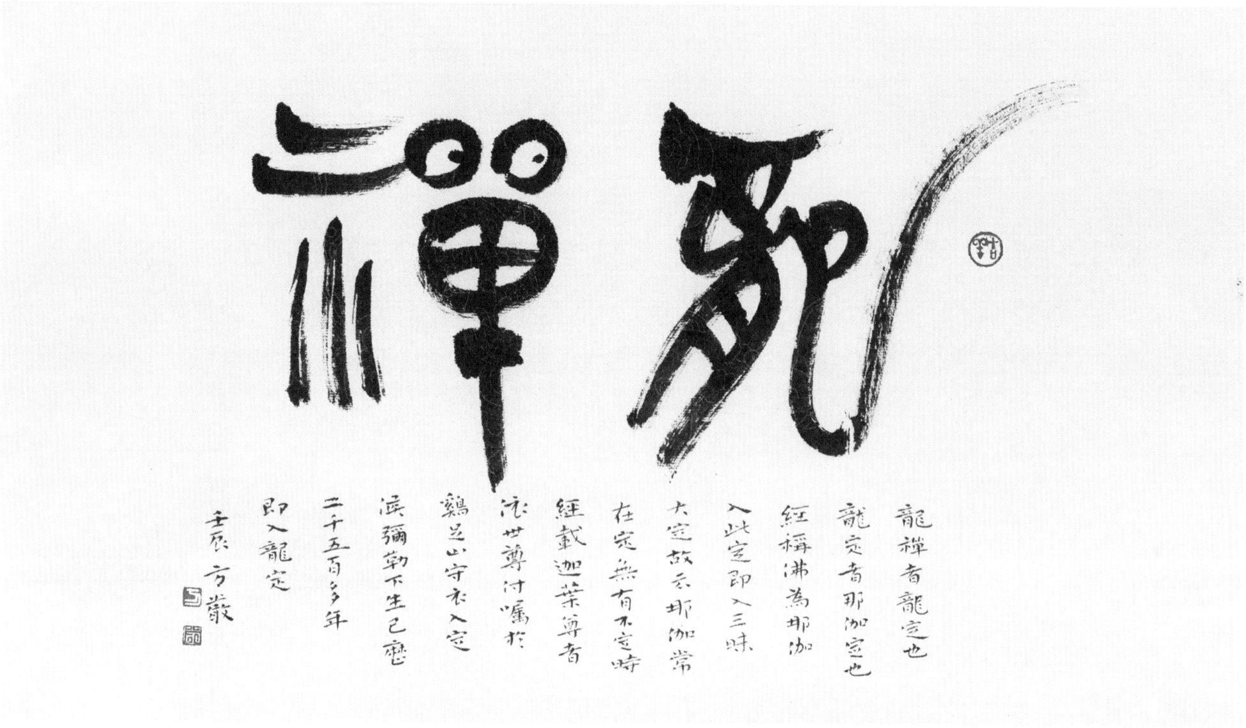

龍禪

55×30 公分／2012

釋文：龍禪者，龍定也；龍定者，那伽定也。經稱佛為那伽。入此定，即入三昧大定。故云那伽常在定，無有不定時。經載迦葉尊者依世尊付囑，於雞足山「守衣入定」候彌勒下生，已歷兩千五百多年，即入龍定。

款識：壬辰 方嚴

點評：龍禪一作，作者欲藉由讀經的體會與書法創作共同產生新的禪況。書畫形象中的龍相，經常是活潑神奇，不可端倪，然而禪定的意象又經常是沈靜制動，無聲無息，方嚴先生此作，或動或靜，能動能靜，更引人遐想。佛法之妙，也許即在動靜之間，也許動靜皆能定，方謂禪定。而此作中精雅的小楷就不全是書法之美，更是禪機無限了！（黃智陽教授）

後記：龍常動不定，龍入禪定，是入甚深三昧禪定，龍定書作中六祖惠能言「若於轉處不留情，繁興永處那伽定。」所有行住坐臥起心動念處，就是轉處。如何是轉處不留情？「應無所住而生其心」。於三界火宅中，不取、不捨、不染萬境。禪字上方二口化方為圓，點睛之妙，達摩祖師睨視眾生怎麼轉呢？（方嚴）

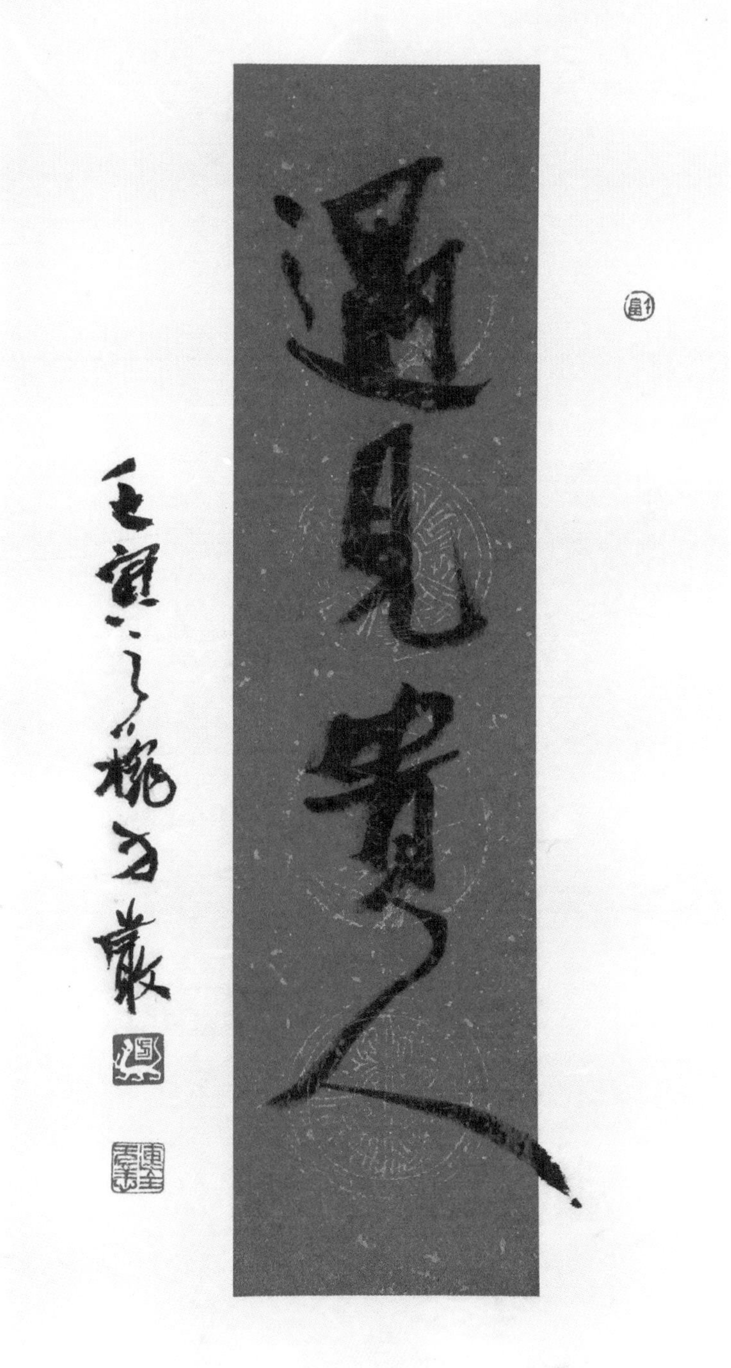

遇見貴人

47×24 公分／ 2022

款識：壬寅之秋 方嚴

點閱：遇見貴人，自是契合常人心願。連全兄置中以紅色為底，暗喻內心歡喜奔騰，因此人字一腳伸出格外，別有破除羈束之意，讓人不禁為此章法會心一笑。（黃志煌教授）

後記：都說「父母是兒女的貴人，老師是學生的貴人。」這絕對是肯定句。每個人生命當中都有無數的貴人，在你茫然無措的時候伸出援手，即使一飯之德、一言之善、一語之贈、一招半式的點撥⋯。令人喜出的人都屬正增上緣，當然是貴人；落井下石令人揪心的人則屬於逆增上緣，也可以算是貴人，不過，一般人難以接納。

依命書排命盤，人人命中大都有貴人，天德貴人、月德貴人⋯據說，這些貴人都是來自前生積德行善的好因緣。

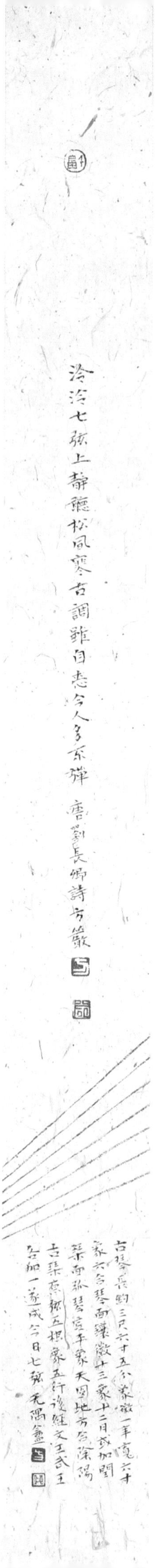

劉長卿〈彈琴〉

69×7 公分／2018

釋文：泠泠七弦上，靜聽松風寒，古調雖自愛，今人多不彈。唐劉長卿詩 方嚴

款識：古琴長約三尺六寸五分，象徵一年；寬六寸，象六合；琴面鑲徽十三，象十二月或加閏；琴面弧琴底平，象天圓地方合陰陽；古琴原弦五根，象五行；後經文王武王各加一，遂成今日七弦。無隅龕

點閱：此篇主題劉長卿五言詩，以曹魏鍾繇及明代王寵、文徵明的小楷用筆風格創作，點畫遒勁樸茂，字體寬綽多扁方，另搭配篆刻邊款小字的金石刀刻筆意，方峻典雅，古意盎然。無論在筆法或結體上，都顯現一種成熟的體態與氣息；尤其結合繪畫構圖巧思，以豐富其形式表現，在細長幅的中下段劃上七條斜線，點出該詩句確在七絃之上，而令人遐思。（鄭銘博士生）

方老師此小品書作風格清雅，字體結構獨特自成一格，其形勢適當留白，有如八大山人空靈的意境，結字內斂自然形成，整體作品空明澄淨不沾塵俗，書風簡樸有如古琴一樣優雅沈靜。（懷雅）

杜牧〈江南春〉

137×35 公分／ 2012

釋文：千里鶯啼綠映紅，水村山郭酒旗風，南朝四百八十寺，多少樓台煙雨中。

款識：方嚴

後記：二〇一二年，應明宗書法藝術館總監陳明德老師之邀展，睽違書法界二十年的忐忑之情在作品中都隱約露出羞澀，尤其是草體之作。書界不知從何時起，跳脫傳統的書作在舞台上毫不膽怯的詮釋著，這著實令復出的我宛如搭乘時光機回到未來，備展期間，心想既然上台了，總得演出個樣子來。可是，一件一件的隨興揮灑，一件一件的不合意，紙團一團一團得跳「簍」。付丙之時，杜牧〈山行〉是死裡逃生之作，可是，從此之後他是老大，而老二、老三、…均以老大為準，向他看齊呢！（方嚴）

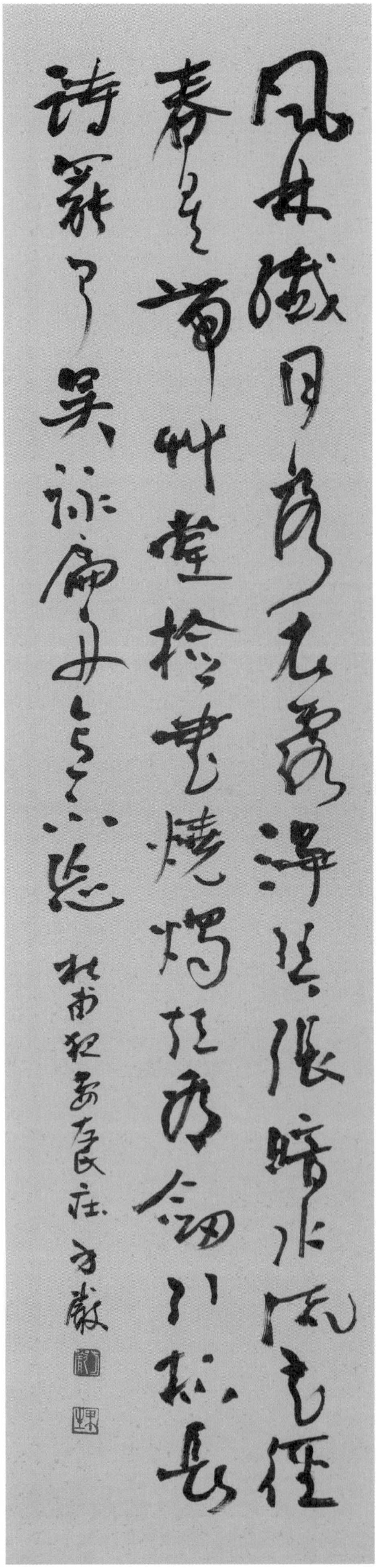

杜甫〈夜宴左氏莊〉

137×35 公分／ 2012

釋文：風林纖月落，衣露淨琴張。暗水流花徑，春星帶草堂。檢書燒燭短，看劍引杯長。詩罷聞吳詠，扁舟意不忘。

款識：杜甫夜宴左氏莊 方嚴

點評：要以書法筆墨寫古詩，必先讀透古詩中的情境，方屬上乘。想想杜甫在纖月已落，春星閃爍的夜晚，與友人夜宴左氏莊，耳邊有淙淙流水聲，又有泠泠古琴聲，友人時而為了爭論某些觀點，在燭光下勤查典籍，時而又興高采烈地舞劍飲酒，吟詩長歌。這樣的情境中，詩人必定酒酣耳熱，陶然微醉。連全深體詩境，必然也以微醺的心情，輕鬆運筆，跳脫書法嚴謹的規矩，用活潑瀟灑的行草，詮釋得恰如其境，可謂詩意與書藝雙美！（劉瑩教授）

後記：二〇一二年復出的沉穩書風－二王沈尹默遺風，早年以此風格入列中山文藝創作獎，如以此書風參加晚近競獎，或能入選乎？（方嚴）

篆書對聯

112×23 公分／ 2012

釋文：事能知足心常泰　人到無求品自高

款識：旅龕主人方嚴以隸形寫篆

點閱：這副對聯是用隸書扁平的長寬比例來寫篆書，一反傳統篆書長寬三比二的規制。雖長寬比例互易，但頗具美感。尤其運用打太極拳方式的內勁運筆，這種以內功的力道寫出來的書法作品特別難能可貴，外表看似柔弱，其實隱藏在內部的那種含蓄功力卻相當的雄厚，為書法藝術之提供不同的視覺效果。（米亮）

兜率知名寺真如會法堂江山有巴蜀棟宇自齊梁庾信哀雖久周顒好不忘白牛車遠近且欲上慈航

杜子美上兜率寺

之偶方巖

杜甫〈上兜率寺〉

103×50 公分／ 2017

釋文：兜率知名寺，真如會法堂。江山有巴蜀，棟宇自齊梁。庾信哀雖久，周顒好不忘。白牛車遠近，且欲上慈航。

款識：杜子美上兜率寺 無隅方嚴

點評：本件作品為行書中堂，筆意簡約，虛實相間。一般從事書法創作，初期大多追求富麗繁華，隨著人書俱老，則趨向簡約一途，蓋以洗盡鉛華、千帆過盡，逐漸尋得書法藝術核心價值，正所謂：「眾裡尋他千百度，驀然回首，那人卻在燈火闌珊處」，因此，書家能從華麗走向簡約，實為一種境界的表現，此證諸弘一法師、于右老等莫不如是，畢竟「為學日益」固然重要，但到達一定程度，則更需洞察「為道日損」的放下功夫，實乃踐蹈老莊「得魚忘筌、得兔忘蹄」之進境。以斯言之，此幅充滿無為簡淡之風，若謂其「寄至味於淡泊，發纖濃於簡古」，當屬確的之論。（林榮森博士）

帶點橫扁體勢的行草結體，倔強與流動間的悖論，總是容易產生奇趣，想必作者已熟稔於此路表現。尤由於過折處頗奮力，讓觀者遊移於骨鯁、凋疏之間，難下判斷。（林俊臣教授）

此作乍看規矩，字字獨立，細看才發覺章法、結構有許多巧思，如第一行「寺」、「真」二字，第二行「梁」、「信」，第三行「忘」等字，皆往右下偏斜，但整幅作品卻又能保持平衡；有些字連寫，看似一字，實為二字，如第二行「江山」、第三行「白牛」，製造觀者的奇異感，令人眼睛為之一亮，這正是「寓奇巧於平正」最好的詮釋。（羅笙倫博士）

後記：兜率天，兜率陀天簡稱，或稱都率陀天，意謂知足，位於欲界第四天。此天是現今一生補處菩薩－彌勒菩薩－所居之天，當來下生成佛。《南史》記載：周顒，音詞辯麗，長於佛理，清貧寡欲，終日長蔬，雖有妻子，獨處山舍。他曾經在蜀，以蜀草堂林壑可懷，遂立寺，因名草堂。《法華經》：「有大白牛，肥重多力，形體殊好，以駕寶車。」按：《法華經・譬喻品》以白牛車為大乘，即菩薩乘。喻人修持此經能任駕白牛安穩行。般若者，妙智慧也，是「苦海之慈航，昏衢之巨燭」。憑此智慧駕慈航到彼岸。此作以舒緩筆勢書之，特以傳達佛菩薩的柔軟心，不知是否合意？（方嚴）

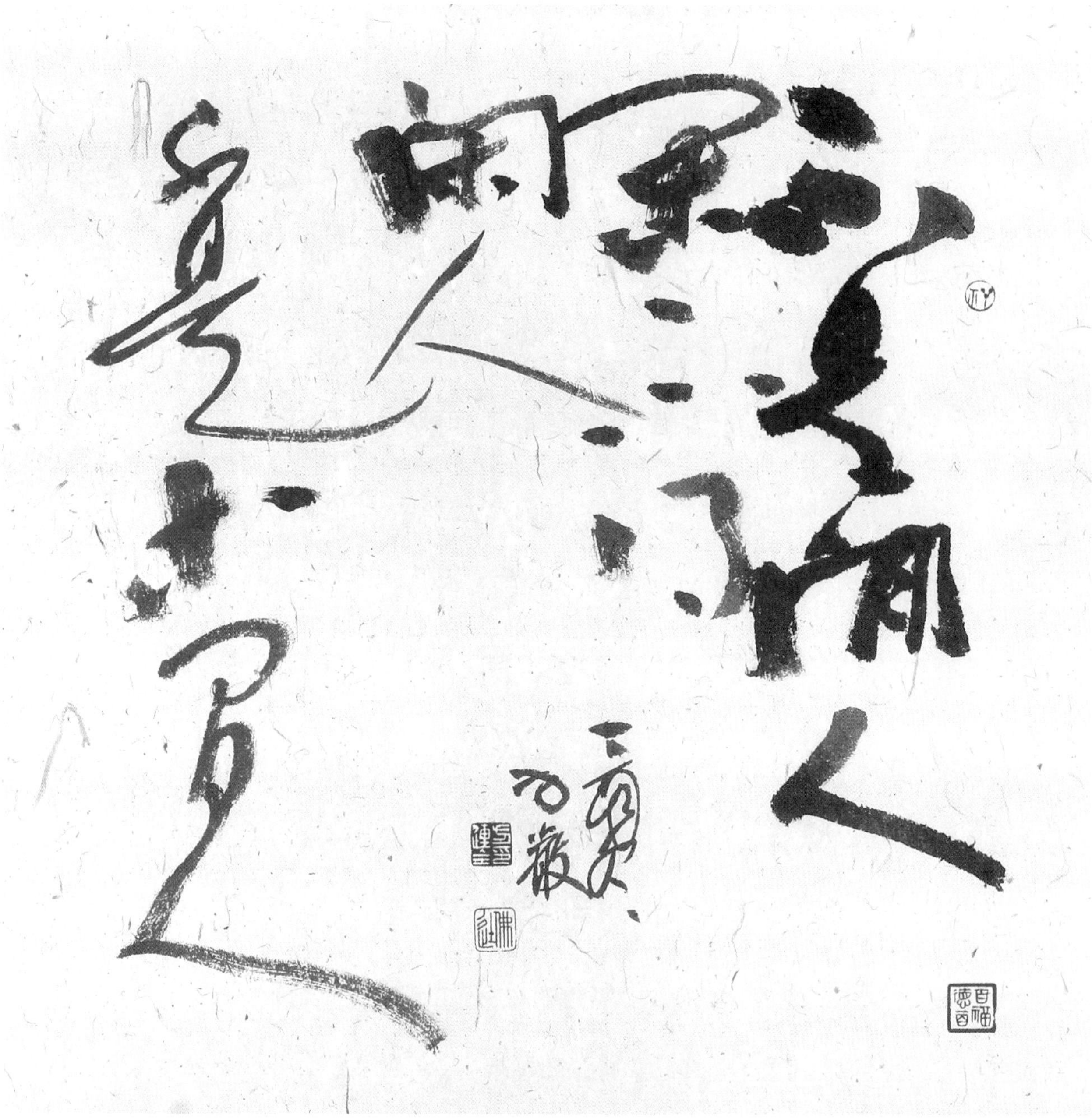

拾穗・閒人

55×55 公分／2018

釋文：不是閒人閑不得，閑人不是等閒人。

款識：丁酉冬 方嚴

點評：閒是一種修養的功夫。對凡夫俗子來說，終日無所事事，就會落入孔老夫子「群居終日，言不及義，好行小慧，難矣哉！」的感慨；對日精月進的修行者來說，真正的閒並非遙不可及，而是一種心靈處於自由自在的狀態，一種隨時可以安頓身心、止於至善的境界。

古文字「閒」、「間」和「閑」通用，我比較喜歡寫「从門从木」的閑字。古時候的門幾乎都是木製品，从木的閑字讓我想起賈島「僧敲月下門」的典故，讀書人為了追求文學至善之美，時時思考、字字推敲，所謂「吟安一個字，捻斷數莖須」，片刻等閒不得。

這幅草書斗方〈不是閒人閒不得，閒人不是等閒人〉，原詩：「日日依窗看海山，海山青青未改顏，我問海山何時老，海山問我幾時閒，不是閒人閒不得，閒人豈是等閒人。」書法家運用巧思，把主文十四字寫成三面環繞的「門」形，加上開口處的落款用印，遠遠看來就像一個大大的「閒」字。仔細賞讀文中三個「不」字以及三個「人」字的輕重、粗細、長短，變化自然，有意無意地透露了書家嫻熟的筆墨功夫。（黃宗義教授）

點閱：閒不閒得住在起心動念，閒得住的非等閒人；閒不住的是等閒人。很大的想像空間。（錦雀）

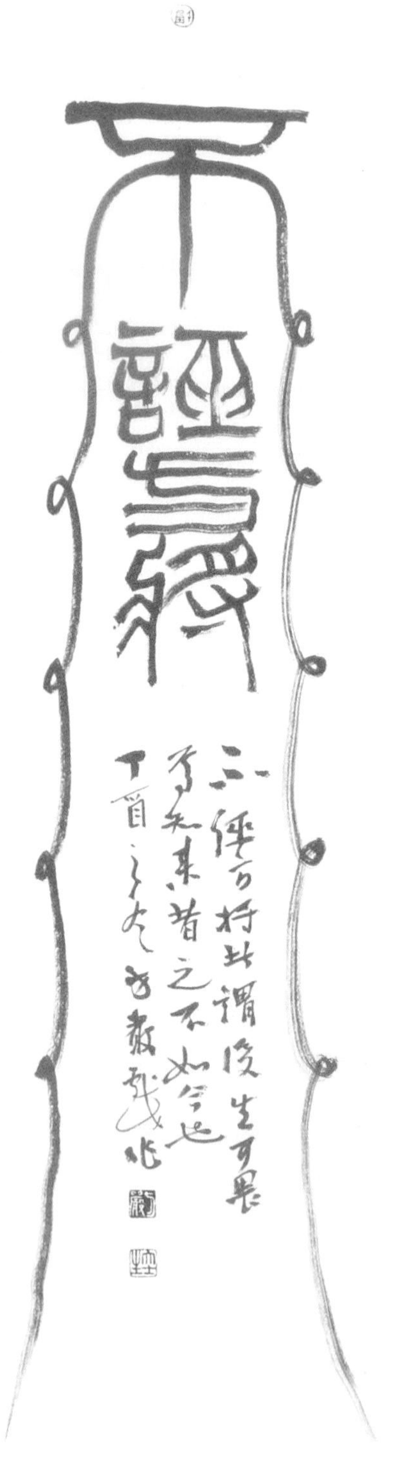

不誣方將

84×18 公分／ 2018

釋文：不誣方將

款識：不誣方將者，謂後生可畏焉知來者之不如今也。丁酉之冬 方嚴戲作

點閱：以道教畫符方式寫「不誣方將」四字變體，文句見南朝宋謝靈運〈擬魏太子鄴中集詩序〉「不誣方將，庶必賢於今日爾」。方師巧思注解此謂後生可畏，只要能左戒五惡 - 殺、盜、淫、妄、酒；右守五常 - 仁、義、禮、智、信，受學者必定出類拔萃，造福鄉里。此於黌宮猶如四維八德之銘言，吾校師生應每日見賢思齊，見不賢內自省，擇善而從之，反之則戒，則賢哲輩出足矣。（培瑜）

後記：謝文於「庶必賢於今日爾」後有「歲月如流，零落將盡，撰文懷人，感往增愴。」對於「天下良辰美景，賞心樂事，四者難并。今昆弟友朋，二三諸彥，共盡之矣。」滿足之餘，帶有微絲遺憾。另有「不誣方將，請俟來哲。」則是奉獻己力之餘，期有佼佼者出發揚光大之。這件作品的靈感來源當然是道教的符錄，用意於儒家「後生可畏」，儒家強調五倫五常，這是有國者穩定上下的基石，而人心中的五毒 - 貪嗔癡慢疑、五欲 - 財色名食睡，是做人最大的困陷。後生之所以可畏應該是對這些種種的接納與不接納吧！（方嚴）

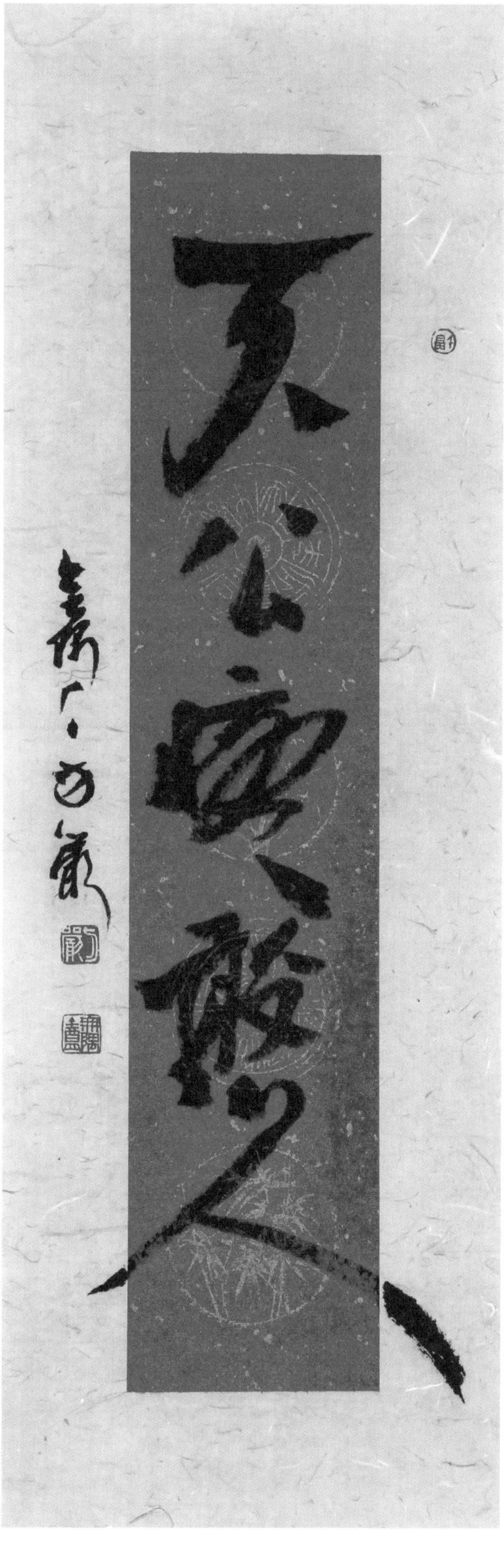

天公疼憨人 2

59×20 公分／ 2022

款識：無隅厂主方嚴

後記：天公是眾神之主，統御諸天，可以說是神界老大，手握王爺、媽祖、山神、土地公…派任之權，尊稱玉皇大帝。「憨」大抵有智商、行為的指稱，俗言天公所疼的憨人，應是默默守著善良行為這一類的吧？既是天公所疼，眾神也必然會疼惜吧？戇、憨二字古義稍異，今已通用。明末四大高僧（蓮池、紫柏、憨山、蕅益）的憨山大師就取憨字，他也是有名的書法家。

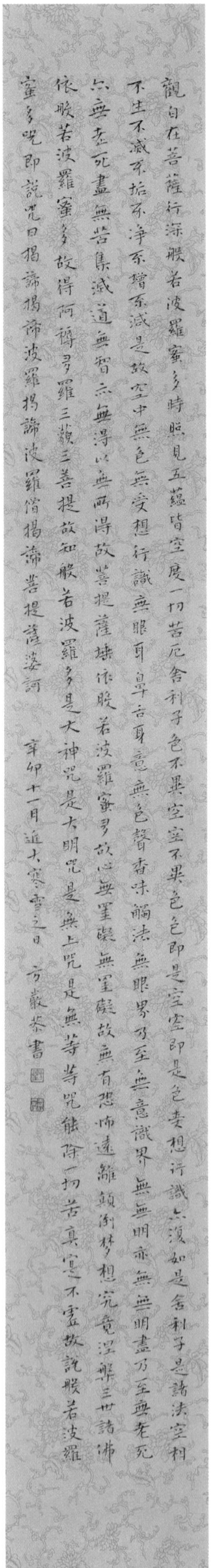

《般若波羅蜜多心經》

121×16 公分／ 2012

釋文：觀自在菩薩。行深波若波羅蜜多時。照見五蘊皆空。度一切苦厄。舍利子。色不異空。空不異色。色即是空。空即是色。受想行識。亦復如是。舍利子。是諸法空相。不生不滅。不垢不淨。不增不減。是故空中無色。無受想行識。無眼耳鼻舌身意。無色身香味觸法。無眼界。乃至無意識界。無無明。亦無無明盡。乃至無老死。亦無老死盡。無苦集滅道。無智。亦無得。以無所得得故。菩提薩埵。依般若波羅蜜多故。心無罣礙。無罣礙故。遠離顛倒夢想。究竟涅盤。三世諸佛。依波若波羅蜜多故。得阿藐多羅三藐三菩提。故知般若波羅蜜多。是大神咒。是大明咒。是無上咒。是無等等咒。能除一切苦。真實不虛。故說波若波羅蜜多咒。即說咒曰。揭諦揭諦。波羅揭諦。波羅僧揭諦。菩提薩婆訶。

款識：辛卯十一月近大寒雪之日 方嚴恭書

點閱：大約在西元前 500 多年，釋迦牟尼佛和觀世音菩薩、舍利子尊者三尊前世佛和當世佛共同在靈鷲山，把 600 卷《大般若經》的精華濃縮成 260 字的《般若波羅蜜多心經》。《心經》一共有 14 本漢文翻譯本，其中 6 本早已失傳。本文是唐朝玄奘法師的翻譯本，目前在市面上最為流行。《心經》內容非常深奧，其中有一段「無無明，亦無無明盡，乃至無老死，亦無老死盡 就是十二因緣法，潛修得法悟道可成就緣覺聖人。方老師誠心向佛，熱愛《心經》，透過佛法的洗禮，從《心經》的小楷神韻中，隱隱透露出八風吹不動的禪定功力。（米亮）

後記：《般若波羅蜜多心經》簡稱《心經》，這部經無疑是普羅大眾最耳熟能詳且喜歡持誦的佛經，經文短，易讀易誦易記。般若波羅蜜多之意是由文字聞修而親證般若智慧，超越生死輪迴，到達不生不滅的解脫境界。個人特喜歡「行深」二字，行就是「撩落去」（台語），撩的越深體會越深，觀的越深越自在，如日處虛空，自然可以照見五蘊皆空。淺嚐輒止，真味不覺，讀經如是，寫字亦如是。（方嚴）

李翱〈贈藥山惟儼〉

137×35 公分／2018

釋文：鍊（練）得身形似鶴形，千株松下兩函經，我來問道無餘事，雲在青天水在瓶。

款識：方嚴書

點評：這幅草書條幅寫得真如其文，身形似鶴形，結體多縱勢，線條細挺靈動，字距時密時疏，如「鍊得」與「身形」各自緊密連結，再由「得」與「身」之間稍疏的繫連，形成一組密疏密節奏的字串。接著「似」字是緩衝，「鶴形千」三字則放鬆，不論墨色、字形、線條等都是虛的表現，由實而虛，一氣呵成。又以速度讓「株」字的墨色及姿態，成為與「松下」的緩衝。第二行「兩函」連貫，向右靠攏，與「經」的疏形成的空間，與同行之「道」字的空間呼應，在整幅章法上，具有極為重要的視覺效果。「我來問」三字，「我」字下段與「來」字上部的密，「來」字中段的疏，再與「問」字，又形成另一組疏密疏的字串。第一、二行或緊或舒，穿插錯落，節奏鮮明。第三行則行距偏左，使得「雲在青天水」或轉或折，或聚或散，連綿直下的氣勢更是咄咄逼人，最後落款更適切妥當的與作品融洽的結合一體，「書」字長橫的止於其所當止，尤為完美結局。（李憲專博士）

方嚴老師書藝勃發，成名甚早！年輕時代憑著一手褚楷，便奪大獎無數，風靡全台……！今觀此李翱詩偈狂草大作，令人耳目一新！最特別一提的是用小筆寫大字，故虛筆自然而生；而章法佈局又是一絕，另類處理方式，大膽突破傳統規矩，打破行距，每行單字互相搭接，形成羣組畫面，如長卷之區塊氛圍。而第三行上方連綿成串不斷之似瀑布之宣洩，正與第一行之散點形成強烈之對比。此件作品線條瘦硬挺拔，流暢自然，常有意想不到之處，正呼應了杜甫言：書貴瘦硬方通神。（陳明德總監）

後記：李翱，字習之，唐河北趙郡人，韓愈門人，亦為愈之姪婿。為朗州刺史時，訪藥山禪師，禪師於松下閱經，不理睬。李曰：「見面不如聞名。」禪師曰：「何得貴耳賤目？」李問：「如何是道？」禪師向上一指，向下一指，曰：「雲在青天水在瓶。」李聞之，茅塞頓開，呈偈曰：「練得身體似鶴形，千株松下兩函經；吾來問道無餘說，雲在青天水在瓶。」鍊或做鍊。（方嚴補述）

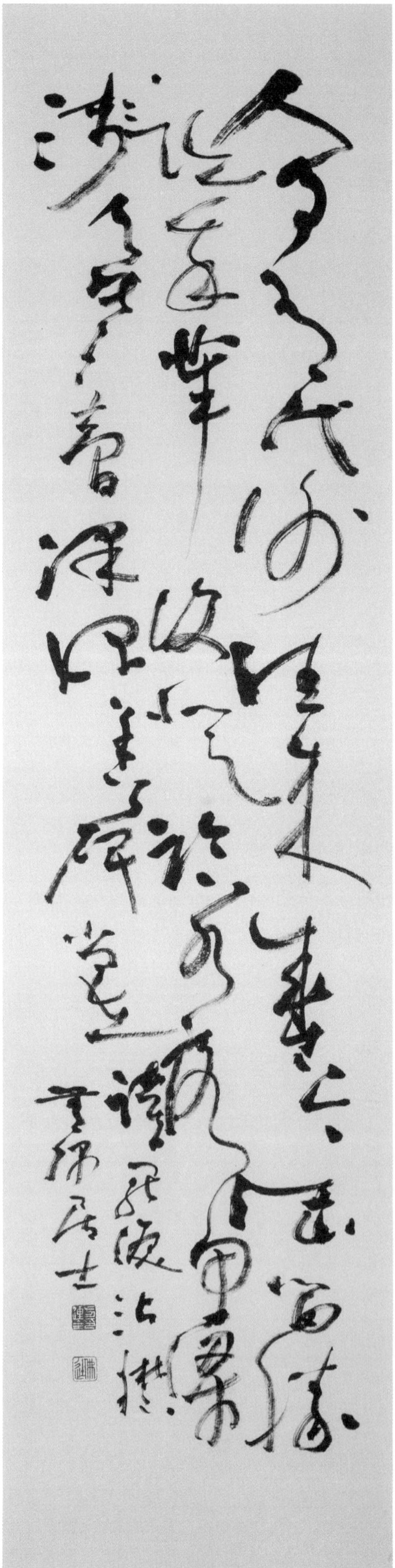

孟浩然〈與諸子登峴山〉

137×35 公分／ 2013

釋文：人事有代謝，往來成古今，江山留勝跡，我輩復登臨。
水落魚梁淺，天寒夢澤深，羊公碑尚在，讀罷淚沾襟。

款識：無隅居士

後記：盛唐詩人除了李杜外，孟浩然也算強手之一，此詩弔古傷今，憑弔的是峴首山的羊公碑。據《晉書‧羊祜傳》載：羊祜鎮荊襄時，常到此山置酒言詠。一次，他對同遊者喟然歎曰：自有宇宙，便有此山，由來賢達勝士，登此遠望如我與卿者多矣，皆湮滅無聞，使人悲傷！羊祜生前有政績，死後，襄陽百姓于峴山建碑立廟，每年饗祭時，望其碑者，莫不流涕。作者登峴首山，見到羊公碑，自然會想到羊祜。
此書作筆勢連綿而圓轉，字形仍以狂放多變為主，鋒較為斂，意之所至，隨興而寫，主文不能滿寫，遂移「讀罷淚沾襟」作款識。

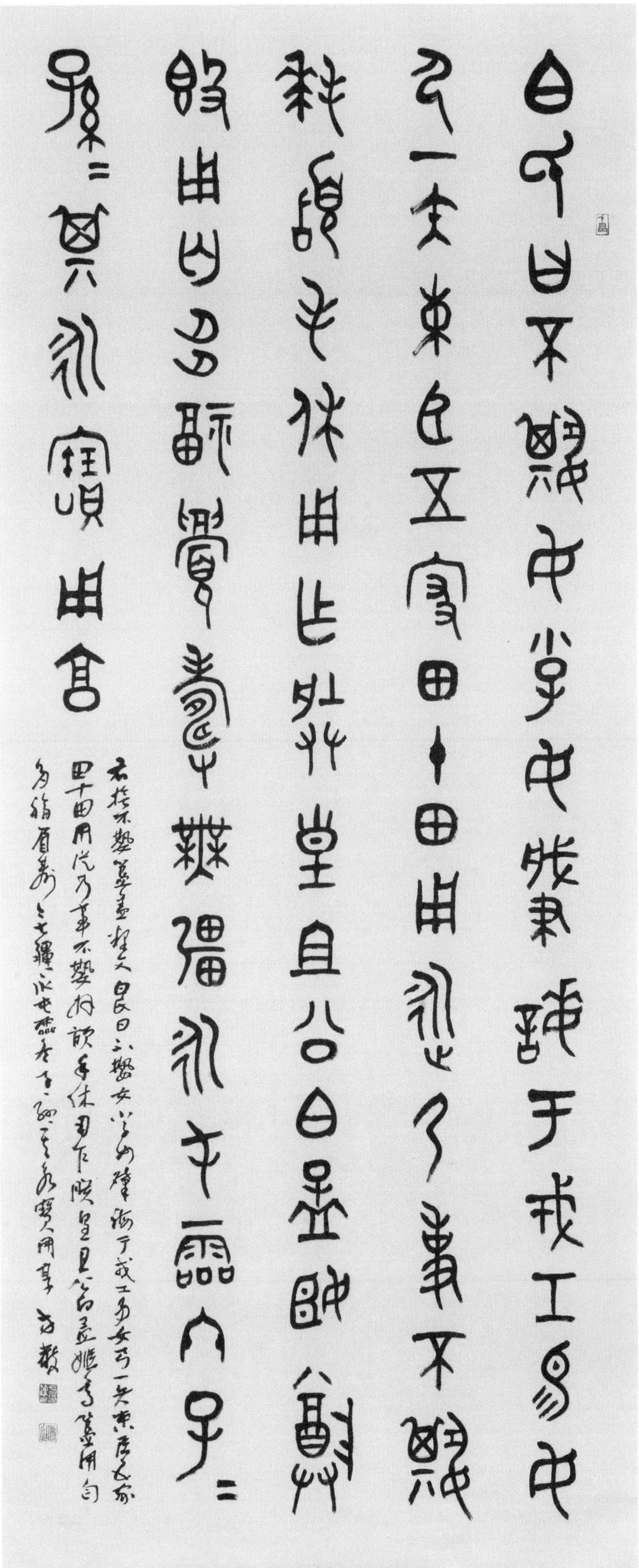

臨〈不嬰簋蓋〉

240×90 公分／2016

釋文：白氏曰，不嬰女小子也，肇誨于戎工，易女弓一矢束臣五家田十田用從乃事不嬰拜起手休用乍朕皇且公白孟姬尊簋用亡多福眉壽無疆永屯靈冬子子孫孫其永寶用享

款識：右撫不嬰簋蓋（餘與釋文同）（方嚴）

好肚腸一條　慈悲心一片　溫柔半兩
道理三分　信行要緊　中直一塊
孝順十分　老實一個　陰騭全用　方便不拘多少
右係無際大師心藥方　大師編之曰凡欲齊家
治國學道脩身先須服我十味妙藥
方可成就俗稱十全大補也　方叔也

無際大師〈心藥方〉

92×69 公分／ 2018

釋文：好肚腸一條 慈悲心一片 溫柔半兩 道理三分 信行要緊 中直一塊 孝順十分 老實一個 陰騭全用 方便不拘多少

款識：右係無際大師心藥方，大師論世曰，凡欲齊家、治國、學道、修身、先須服我十味妙藥、方可成就。俗稱十全大補也。方嚴書

點評：此作或楷或行或草，時或見章草筆意，結構多為上左下右，「溫」、「柔」、「信」、「行」、「直」、「孝」、「老」、「寔」等字，一股自左上向右下移動的動勢，增添了動感，且在險絕中又能得其安，超脫不俗。「好」、「肚」兩字重心降低，「順」字上緊下疏向右下收尾，「陰」、「騭」兩個「阜」部，姿態有別，且一重一輕，一短一長，搭配得宜。章法雖看似平實，卻自有其妙處，十味藥方採大字，份量小字偏右，行距大，頗舒朗。落款處則上下縮之，不論篇幅及字體大小皆適得其所、恰如其分的襯托本文。（李憲專博士）

後記：大師於後補述：此藥用寬心鍋內炒，不要焦，不要躁，去火性三分；於平等盆內研碎，三思為末，六波羅蜜為丸，如菩提子大，每日進三服；不拘時候，用和氣湯送下，果能依此服之，無病不瘥。切忌言清行濁、利己損人、暗中箭、肚中毒、笑裏刀、兩頭蛇、平地起風波，以上七件，速須戒之。此前十味，若能全用，可以致上福上壽、成佛成祖；若用其四五味者，亦可滅罪延年、消災免患；各方俱不用，後悔無所補；雖有扁鵲盧醫，所謂病在膏肓，亦難療矣！縱禱天地、祝神明，悉徒然哉。況此方不誤主顧、不費藥金、不勞煎煮，何不服之？（方嚴引述）

家後

137×69 公分／2022

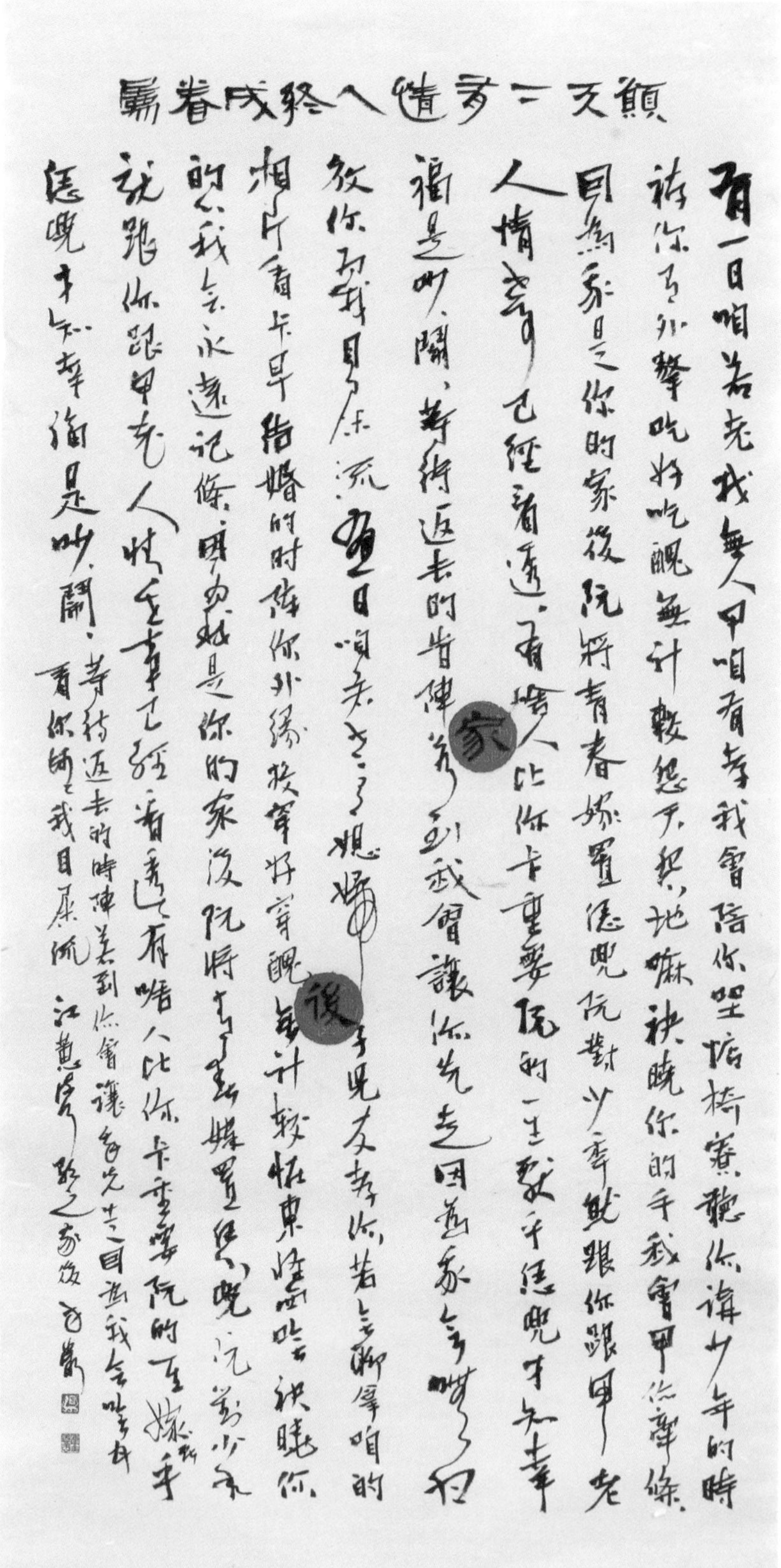

題耑：願天下有情人終成眷屬

釋文：有一日咱若老 找無人甲咱有孝 我會陪你 坐恬椅寮 聽你講少年的時袸 你有外孳 吃好吃醜無計較 怨天怨地嘛袂曉 你的手 我會甲你牽條條 因為我是你的家後 阮將青春嫁置恁兜 阮對少年隨你隨甲老 人情世事已經看透透 有啥人比你卡重要 阮的一生獻（嫁）乎恁兜 才知幸福是吵吵鬧鬧 等待返去的時袸若到 我會讓你先走 因為我會嘸甘 放你 為我目屎流 有一日咱若老 有媳婦子兒有孝 你若無聊 拿咱的相片 看卡早結婚的時袸你外緣投 穿好穿醜無計較 怪東怪西嘛袂曉 你的心 我著永遠記條條 因為我是你的家後 阮將青春嫁治恁兜 阮對少年隨你隨甲老 人情世事嘛已經看透透 有啥人比你卡重要 阮的一生獻乎恁兜 才知幸福是吵吵鬧鬧 等待返去的時袸若到 你著讓我先走 因為我會嘸甘 看你 為我目屎流

題識：江蕙流行歌之家後　方嚴

後記：《家後》是閩南語歌后江蕙演唱的一首歌曲，鄭進一、陳維祥作詞，鄭進一作曲。2003 年 1 月 1 日在台灣首發，並於 2009 年獲得第 20 屆台灣金曲獎「我的最愛一首歌」第一名和第 20 屆台灣金曲獎第十屆至第十九屆最愛歌曲獎。江蕙這首《家後》，歌詞把默默付出、無怨無悔、深情款款的另一半的心情唱進不少人心中，幾乎人人都能哼上幾句，傳唱度高，感動自然不在話下。

「有一日咱若老，…」唱著唱著，心情蕩漾了……於 2023 年 1 月。

篆書對聯

112×23 公分／1993

釋文：書有未曾經我讀 事無不可對人言

款識：癸酉仲夏之杪 方嚴

後記：古聯「古今多少世家，無非積德。天地第一品位，還是讀書。」德從善來必是君子的德，那是好德，德從惡來必是小人的德，那是缺德，德之至高處應是「事無不可對人言」吧！《宋史．列傳第九十五》載：「光孝友忠信，恭儉正直，居處有法，動作有禮。在洛（陽）時，每往夏縣展墓，必過其兄旦，旦年將八十，奉之如嚴父，保之如嬰兒。自少至老，語未嘗妄，自言：『吾無過人者，但平生所為，未嘗有不可對人言者耳。』誠心自然，天下敬信，陝、洛間皆化其德，有不善，曰：「君實得無知之乎？」這才是「人格者」！因為「書有未曾經我讀」，所以好讀書時好好讀書，而且也要好好寫字認字，是「自自由由」，可以不必堅持說成「自自冉冉」。一說此楹聯是北宋歐陽修對自己的評價。（方嚴）

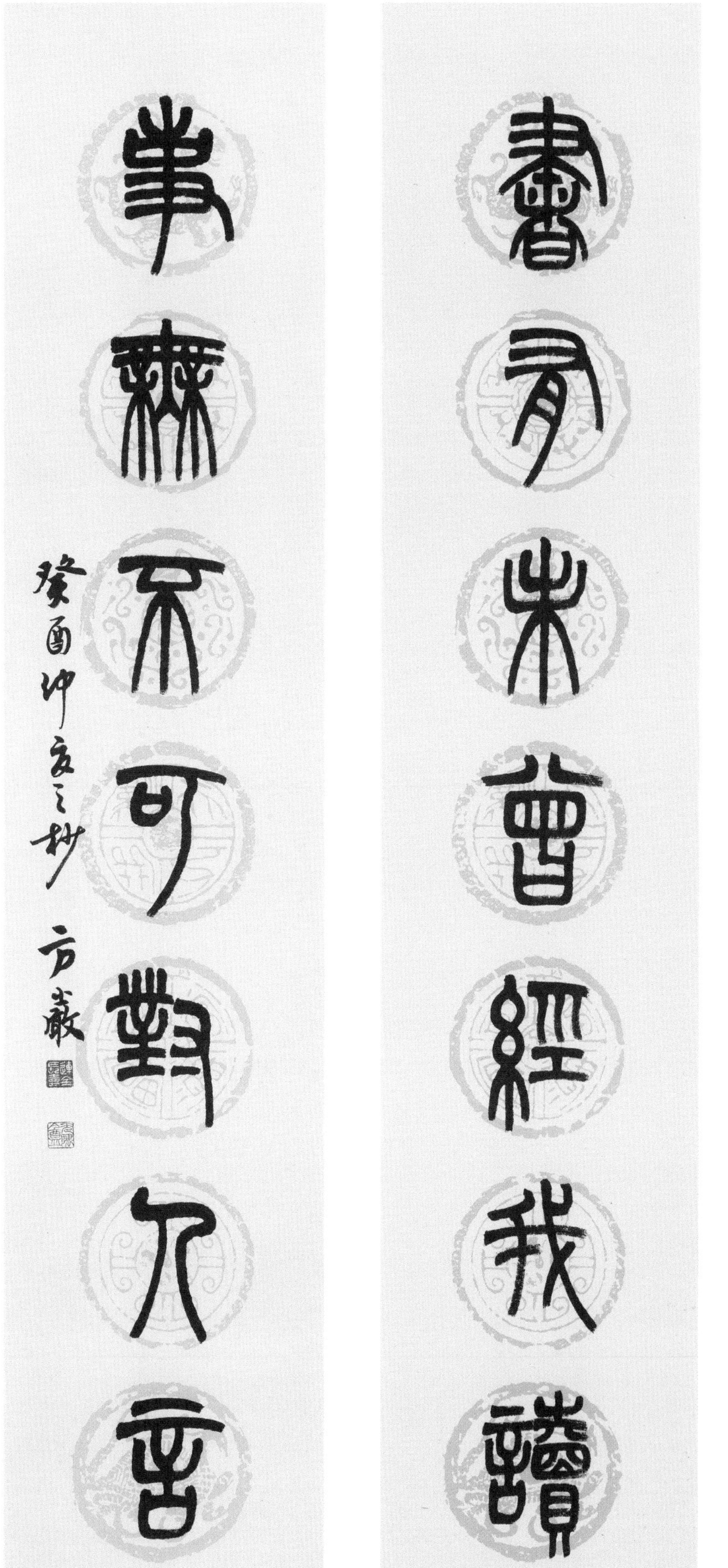

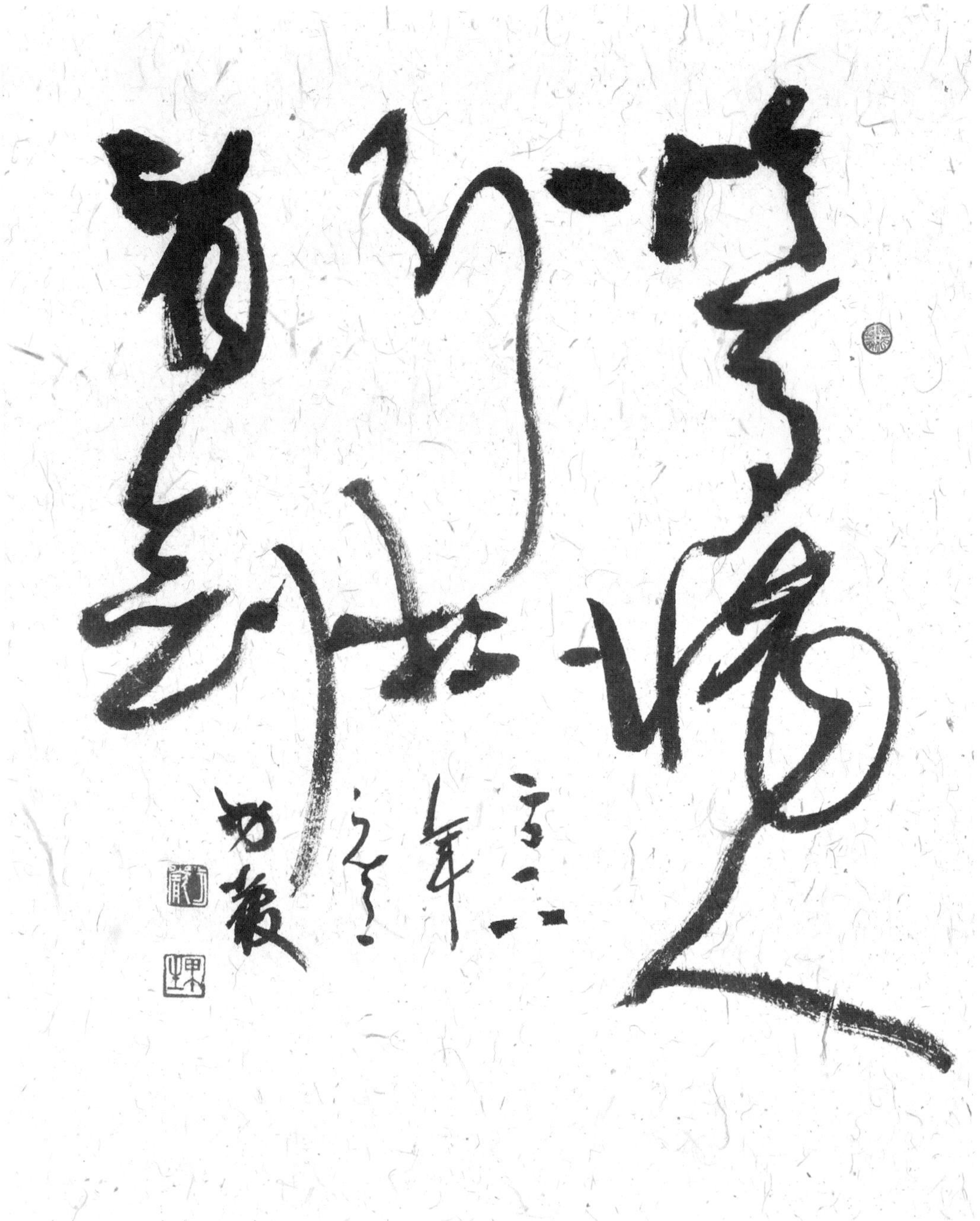

憶事・引杯

67×55 公分／ 2018

釋文：憶事懷人 引杯看劍

款識：二〇一八年元月 方嚴

點閱：「憶事懷人」截自唐代李商隱〈藥轉〉中「憶事懷人兼得句」，「引杯看劍」是作者引用自杜甫〈夜宴左氏莊〉中「看劍引杯長」。老師分別引用七言詩及五言詩，然後加以刪減部分文字形成了「憶事懷人，引杯看劍」，作品中描繪出遙想前人或許也是自己過去的功績或值得懷念的過去種種，而於日後生活歸於平淡後洗盡鉛華後，仍於杯茶水酒間懷想過去的豐功偉業的那一份追想。

本件書法作品中將「引」字的線條特別拉長，試著以長線條的方式來串拉穿越古今多少的風流事蹟，而「杯」字特別矮扁，襯托出不管多少過去盡歸一杯淺淺的水酒談笑中。「看劍」則是在回憶中「看」如撥放電影情節似的，一幕幕的捲進自己的回憶「劍」中，一部電影正上映中。（豪志）

雖寥寥數字，卻字字珠璣，每一字都是驍勇善戰的士卒，成行成旅部陣調度，出神入化，是一支戰無不勝攻無不克的雄師。觀其書有密不容針之處，亦有疏可跑馬之寬，或重若崩雲，輕如蟬翼，字裡行間奔放豪邁，荒率跌宕，超象入真，靜如處子，動如脫兔。（淼華）

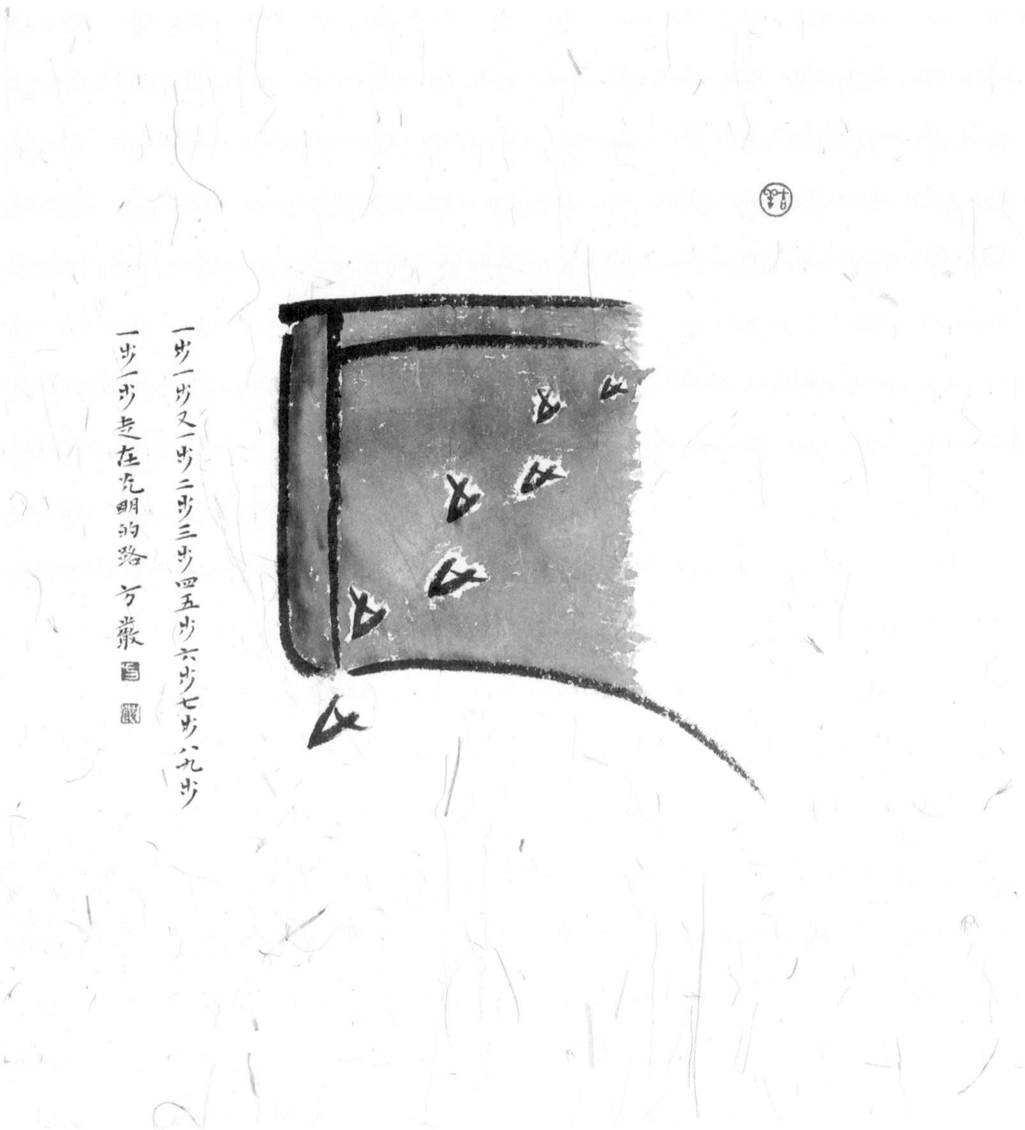
一步一步又一步二步三步四五步六步七步八九步
一步一步走在光明的路 方嚴

一步一步

45×45 公分／ 2018

釋文：一步一步又一步，二步三步四五步，六步七步八九步，一步一步走在光明的路。

款識：方嚴

點評：是作結合文字畫的表現，以篆書「正」字為框架，內部渲染而與外部有別，以「正途」為目標，由外而內一步步穩當前行，對當今世人耽溺於名利而犧牲正義之作為，頗有警示作用。款識出現五個「一」字，十一個「步」字，用筆結體變化細微，足見其巧妙之處。（柯耀程教授）

點閱：本件作品最大的特點是「步」字乃是以殷墟甲骨文的方式來呈現，外形像英文「A」。一步一步又一步向前走，走在光明的路上，外型上像殷墟甲骨文的「步」字由大慢慢變小，象徵著步伐穩當愈行愈遠漸臻理想，另一種隱喻就是如同遠流出版社出版的「從優秀到卓越」（從A到A+），意指人生的路上，是在不斷的從優秀到卓越中，不斷的超越自己，作者劃一外框以淡墨充填，步字由外向裡走，象徵著，使自己從原有不定回歸正道，超越自己，再走出混沌迎向燦爛。（豪志）

俗云「登高必自卑，行遠必自邇」，腳踏實地，才不落空蕩。《大學》云「不行險以徼幸」，其是之謂乎？《菜根譚》說「世路崎嶇坎坷。行不去處，須知退一步之法；行得去處，務加讓三分之功。」又說「爭先的徑路窄，退後一步，自寬平一步。」人生在世，要步步為營，進退有據，一步一步走向光明之地。（錦雀）

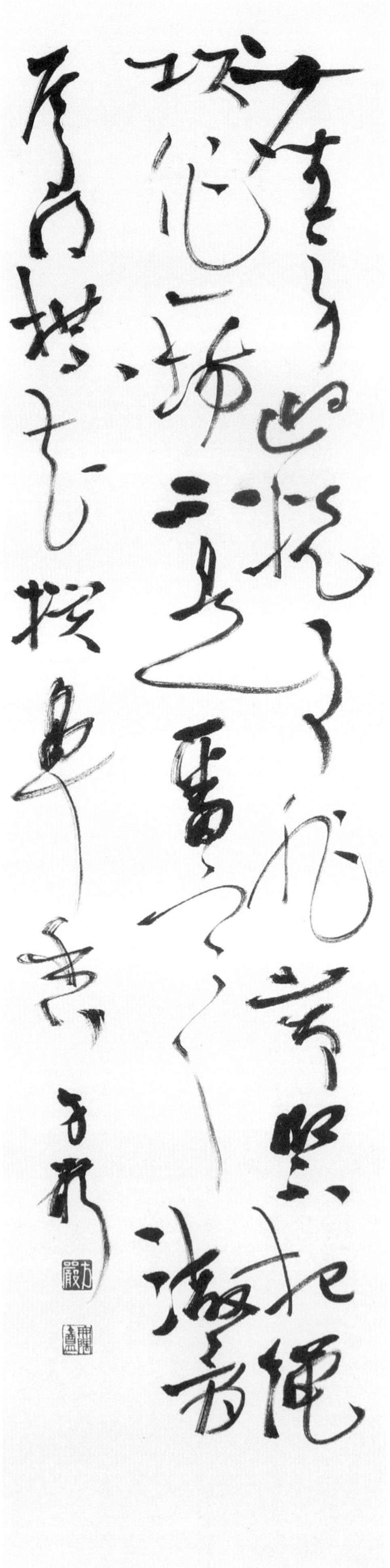

唐代黃蘗禪師〈上堂開示頌〉

137×35 公分／ 2018

釋文：塵勞迥脫事非常，緊把繩頭做一場，不經一番寒澈骨，焉得梅花撲鼻香。

款識：方嚴

後記：黃蘗禪師是禪門一代高僧，他借此詩偈，表達對堅毅修行證得佛果的決心，說出修行人對待一切困難所應採取的正確態度，「不經一番寒徹骨，焉得梅花撲鼻香」此兩句是此詩名句，屢屢被人引用。塵勞為煩惱之異稱，因煩惱能染污心，猶如塵垢之使身心勞憊。迥脫塵勞始見光明佛性，宋・茶陵郁禪師亦有似偈「我有明珠一顆，久被塵勞關鎖；今朝塵盡光生，照破山河萬朵。」

此作以草體為主，間用行字 - 常、繩、番、鼻，下筆不重有出塵用意，中行「寒」字跨越三字之大，是「膽大妄為」。（方嚴）

好運當頭

31×31 公分／2022

款識：方嚴

點評：好運當頭，誰不愛？一行書、三草書，變化自如，了無罣礙，妙在易識與不易之間，戛然一己面貌，此乃連全兄思維躋登化境所致。（黃志煌教授）

後記：農曆過年是中國人最大的喜慶，街頭巷尾到處傳唱這首歌：

恭喜呀恭喜 發呀發大財 好運當頭 壞運呀永離開
恭喜呀大家 黃金裝滿袋 眉開眼笑 得意呀又開懷
咚咚隆咚鏘 咚咚隆咚鏘 咚咚隆鏘咚鏘咚鏘
咚咚隆咚鏘 咚咚隆咚鏘 咚咚隆鏘咚咚咚鏘
……

才一驚覺，商工已丟下老農，華麗轉身登場。守舊的農造就了標新的商工，商工有感恩嗎？過來人知道。這時代仍能感恩圖報的，好運當頭；這時代仍能不喜新厭舊的，好運當頭；這時代仍能擇善固執的，好運當頭；這時代仍能安分守己的，好運當頭……看來「道德良心」是定準，定準的都一併祝福。

從前的農曆年好像回不去了，知足、感恩、惜福的從前種種氛圍也好像回不去了……。

這件草書斗方，我在 2012 年曾經以四開紅宣寫過，當時「頭」字以八大山人草法書寫而稍作更易，帶有微笑面相；今時以山谷道人草法也稍作更易，隱現眼、鼻，意外之喜也。

龍定

96×58 公分／2018

釋文：龍（大篆）定（草書）

大圓鏡智性清淨，平等性智心無病，妙觀察智見非功，成所作智同圓鏡；五八六七果因轉，但用名言無實性，若於轉處不留情，繁興永處那伽定。（小楷）

款識：方嚴書 二〇一八年

點評：此件作品以大篆「龍」字為題，輔之草書「定」以謀篇，背脊小楷似龍之鰭，佈局主從分明，頗具新意。篆法融彙金、籀、石鼓，筆韻樸茂奇肆，腴潤流動中寓生澀樸拙，字勢方整峻茂中復展碩長疏宕，生發新姿；參差古拙而逸情縱斂，雄渾中又見沖和雅健，顧盼流連之風韻，猶有飛龍在天別趣。神龍擺尾間，佐以草書「定」字佈陳於下，又有俊秀嚴謹小楷鋪列龍身，意形交縱，匯入書者之書藝意識，更顯書法象形性與形體豐富性特質。（陳志聲博士）

點閱：神龍見首不見尾。大篆寫「龍」體，首筆隸意起落，足見首昂冠揚。龍尾靈動，右上青天，忽焉杳然；背脊以絹秀優雅小楷鋪排，如龍之鰭，平衡飛勢；草「定」似指爪，三體併呈。《易經、乾卦、九五》：『飛龍在天，利見大人。』喻有聖德之帝王在位。老師潛潤佛禪久矣，修性涵養深藏內斂。以五十六字小楷，沿著龍脊書寫六祖惠能大師禪語，不禁令人注目，心想：寫甚麼呀？是識是智，似轉非轉。末兩句：『若於轉處不留情，繁興永處那伽定。』最後一個「定」字，緊緊扣住主題『龍定』有了六祖惠能的加持，「祥龍獻瑞」乎？（陳墨）

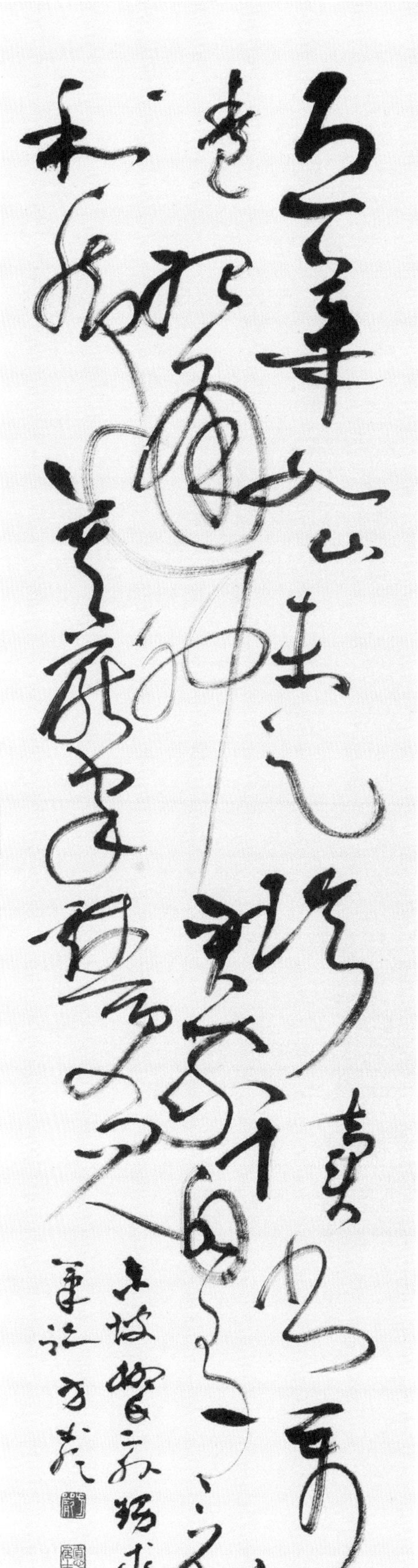

蘇東坡
〈柳氏二外甥求筆跡〉

137×35 公分／2018

釋文：退筆如山未足珍，讀書萬卷始通神，君家自有元和腳，莫厭家雞更問人。

款識：東坡柳氏二外甥求筆跡　方嚴

後記：宋代四大書家蘇黃米蔡，東坡領頭，他對書法自有見解，「我書意造本無法，點畫信手煩推求」、「吾書雖不甚佳，然自出新意，不踐古人，是一快耳」、「作字之法，識淺、見狹、學不足三者，終不能盡妙」……，這些觀念一時在書法界風起雲湧，造成相當大的風潮，而以二王為中心的書風逐漸式微。〈柳氏二外甥求筆跡〉中「退筆如山未足珍，讀書萬卷始有神」道出他對書法藝術的見解，寫字不能僅靠退筆成山的盲修瞎練，更需要高度的文化素養。讀萬卷書，學養深厚，學問與藝術間相互滲透，才能妙悟通神，才能夠手眼不凡，新意迭出。此作與〈江南春〉併看。（方嚴）

觀天之道執天之行盡矣天有五賊見之者昌五賊在心施行於天宇宙在乎手萬化生乎身天性人也人心機也立天之道以定人也天發殺機移星易宿地發殺機龍蛇起陸人發殺機天地反覆

天人合發萬化定基性有巧拙可以伏藏九竅之邪在乎三要可以動靜火生於木禍發必尅姦生於國時動必潰知之脩之謂之聖人天生天殺道之理也天地萬物之盜萬物人之盜人萬物之盜

三盜既宜三才既安故曰食其時百骸理動其機萬化安人知其神之神不知其不神所以神也日月有數小大有定聖功生焉神明出焉其盜機也天下莫能見莫能知君子得之固窮人得之輕命

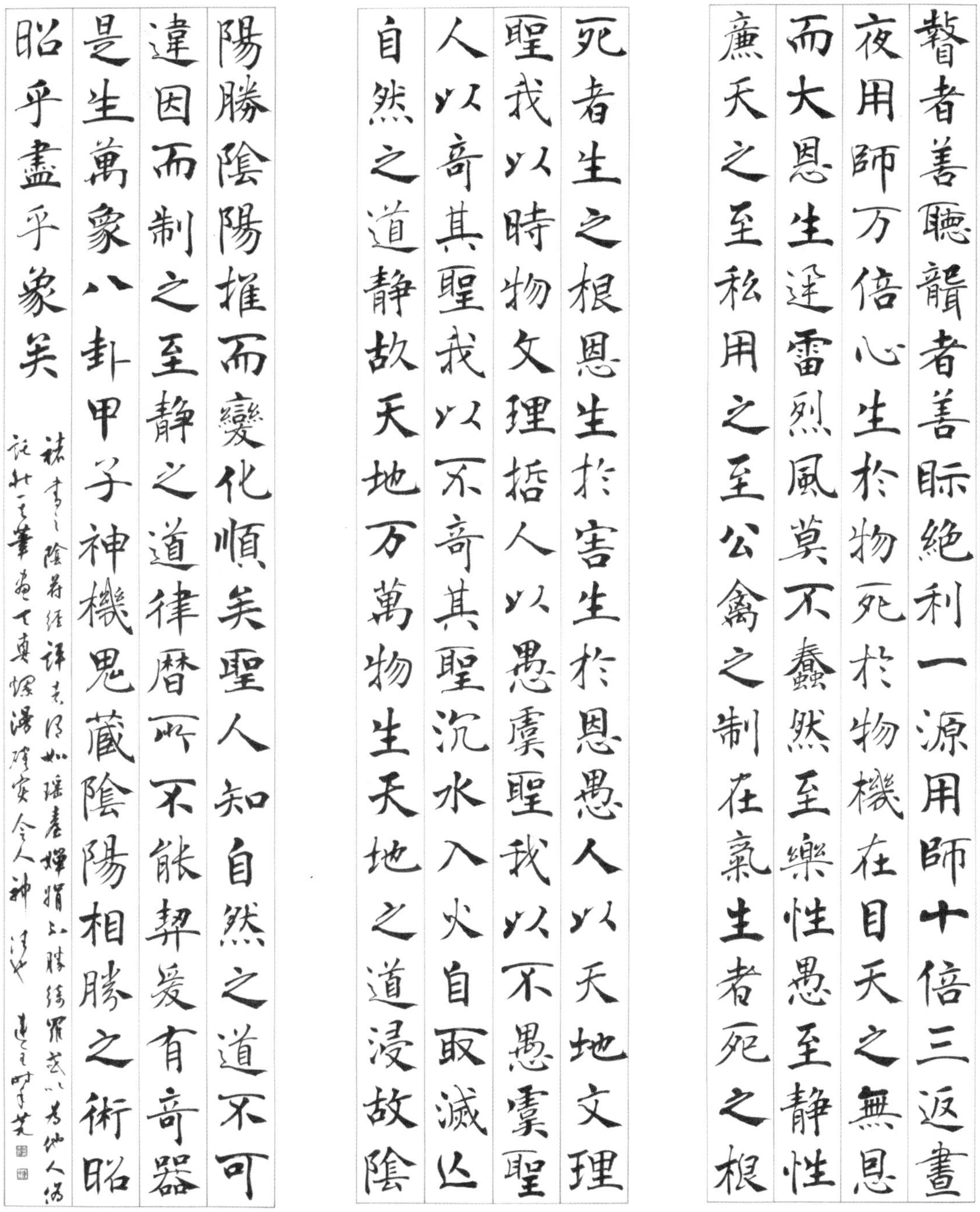
瞽者善聽聾者善眡絕利一源用師十倍三返晝
夜用師万倍心生於物死於物機在目天之無恩
而大恩生迅雷烈風莫不蠢然至樂性愚至靜性
廉天之至私用之至公禽之制在氣生者死之根
死者生之根恩生於害害生於恩愚人以天地文理
聖我以時物文理哲人以愚虞聖我以不愚虞聖
人以奇其聖我以不奇其聖沉水入火自取滅亡
自然之道靜故天地万萬物生天地之道浸故陰
陽勝陰陽推而變化順矣聖人知自然之道不可
違因而制之至靜之道律曆所不能契爰有奇器
是生萬象八卦甲子神機鬼藏陰陽相勝之術昭
昭乎盡乎象矣

臨《陰符經》

180×45 公分 ×6／1983

款識：褚遂良之陰符經評者謂如瑤臺嬋娟不勝綺羅，或以為他人偽託，然其筆畫天真爛漫，確實令人神往也。連全時年廿九

點評：褚遂良之書，初學學歐、虞，晚追逸少，而能自成家法。其用筆方圓並用，兼參隸意，瘦勁典雅，形神綽約。加以行書筆意入楷，於華滋美豔中，益增姿采。王虛舟稱其：「寓勁健於清微，藏變化於妥貼。」最能達其神指。尤其《大字陰符經》，乃極為難得之唐人墨跡，其精微細膩處直令人驚歎。連全學棣於大學時代，即耽書藝，於此帖用力尤勤。甫畢大學業，即數度榮膺大獎。此六屏為其廿九歲所書，用筆勁利沈穩而多變化，結體則中宮緊結，又能粗細相間，故能鬆而不散，疏密得宜，皆深契褚法之領要。而其遺貌取神、似欹反正，通篇落落大方，絲毫不懈，確為合作！（陳維德教授）

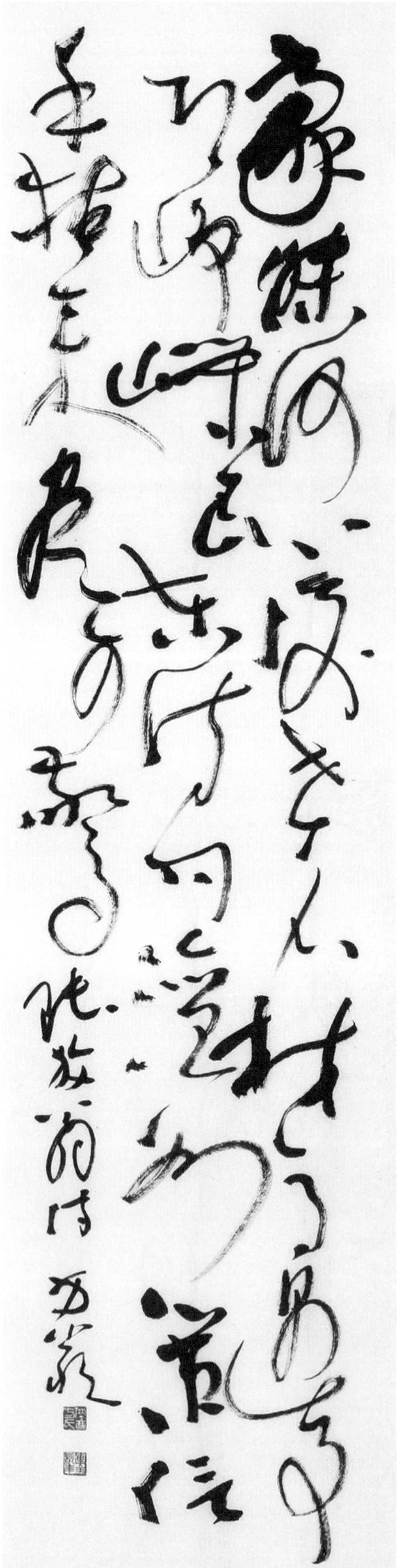

陸游〈秋風亭拜寇萊公遺像〉

137×35 公分／2018

釋文：豪傑何心後世名，材高遇事即崢嶸。巴東詩句澶州策，信手拈來盡可驚。

款識：陸放翁詩 方嚴

點評：本件作品摭採交叉錯綜之構圖方式，透過線條的碰撞參差，形成畫面雜 而不亂、寓統合於變化之中的視覺效果，尤其通篇重筆不多，展現諸多輕盈飛揚的筆調，使觀賞者隨著筆墨躍動產生心理與物理的反差交互作用，並輔以結構字形的內斂與誇張對比性手法，使看似煙嵐滿紙的尺幅，又富含著左顧右盼、前呼後應之規律和理則，在行序空間以及謀篇佈局上，亦屬難得，加上筆勢動盪，行留並兼，予人一種行於所當行，止於所不可不止的讚嘆。（林榮森博士）

後記：古人云「豪傑而不聖賢有之，未有聖賢而不豪傑者。」材高、遇事，因緣到了，自然脫穎而出為當世豪傑。承杜牧〈山行〉筆意而書此作，稍有不似。陸放翁〈秋風亭拜寇萊公遺像〉寫了兩首，另一首是「江上秋風宋玉悲，長官手自葺茅茨。人生窮達誰能料，蠟淚成堆又一時。」都是藉古喻今，歐陽修《歸田錄》鄧州花蠟燭名著天下，雖京師不能造，相傳云是寇萊公燭法。公嘗知鄧州，而自少年富貴，不點油燈，尤好夜宴劇飲，雖寢室亦燃燭達旦。每罷官去，後人至官舍，見廁溷間燭淚在地，往往成堆。」又記「杜祁公為人清儉，在官未嘗燃官燭，油燈一炷，熒然欲滅，與客相對，清談而已。二公皆為名臣，而奢儉不同如此。然祁公壽考終吉，萊公晚有南遷之禍，遂歿不返，雖其不幸，亦可以為戒也。」這讓我想到《菜根譚》的「讀書不見聖賢，如鉛槧傭；居官不愛子民，如衣冠盜。講學不尚躬行，為口頭禪；立業不思種德，為眼前花。」（方嚴）

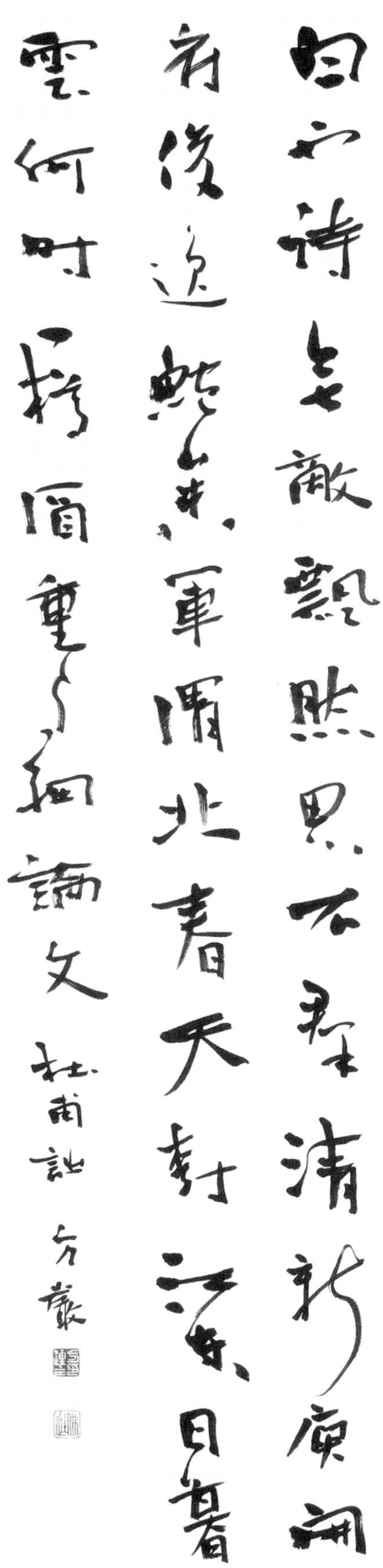

杜甫〈春日憶李白〉

137×35 公分／2018

釋文：白也詩無敵，飄然思不群。清新庾開府，俊逸鮑參軍。渭北春天樹，江東日暮雲。何時一樽酒，重與細論文。

款識：杜甫詩　方嚴

點評：方嚴先生行草書向來用筆勁健銳利，結體大開大闔；行氣或連綿或解構，縱橫奇肆、夷險兼施、變幻莫測，令人目不暇給之感。然此作杜少陵〈春日憶李白詩〉一反常態，除了「鮑參」、「江東」、「重與細」連屬外，字字嚴整、一目了然。全篇布局似取意於趙松雪雄健俊逸之餘韻，予人有清朗暢達之感；當是書家受到杜甫傾慕懷念李白那份深厚無比的真摯之情所感動，方能為詩人情韻綿綿的詩意作出最好的詮釋，寫出詩情書意完美結合之作。（張日廣理事長）

後記：一般以「性靈說」作為袁枚的詩論，實際上它是明代以公安派為代表的「獨抒性靈，不拘格套」詩歌理論的繼承和發展。「性靈說」的核心強調詩歌創作要直抒詩人的性靈，表現真實情感，是人的感情的自然流露。他們心中的好詩應當「情真而語直」、「非從自己胸臆流出，不肯下筆」。評者說這樣的主張是，有時情與境會，頃刻於言，如水東注，令人奪魂。其間有佳處，亦有疵處。佳處自不必言，即疵處亦多本色獨造語。有人甚至喜其疵處，因為所謂佳者，總以粉飾蹈襲為恨，因為「未能盡脫近代文人氣習故也」。《春日憶李白》書作貫穿著一個「性靈」概念，是我以公安詩歌入書的想法。（方嚴）

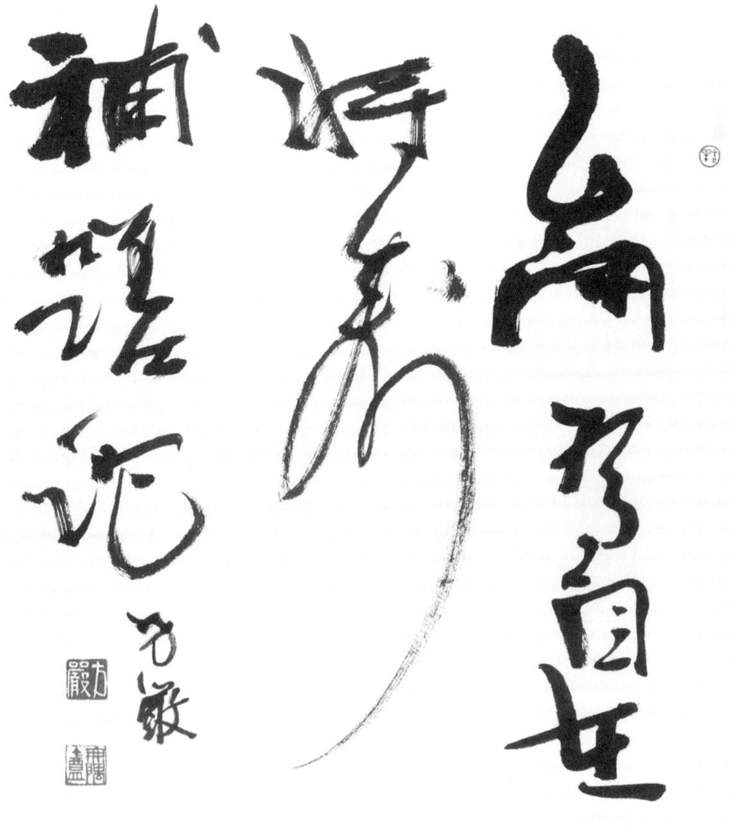

以閑・將壽

67×55 公分／2018

釋文：以閑為自在，將壽補蹉跎。

款識：方嚴

點評：歷史上著名的書法家，幾乎都是碩學鴻儒；當代卓越有成的書法家，十之八九也都是飽讀詩書的儒雅君子；在我熟悉的書友當中，同住府城、相識將近四十年的老朋友方嚴，堪稱典型例子。方嚴擔任教師三十餘年，筆墨功夫著力至深，華甲之年猶孜孜矻矻，帶職進修博士學位。近日得觀其行草斗方〈以閑為自在，將壽補蹉跎〉，句出唐朝詩人劉禹錫〈歲夜詠懷〉，私衷頗有同感。劉禹錫少年得志，「以文翰走天下」，後橫遭貶謫，半生漂泊，此詩感作於垂暮之年。這十個字通常被寫成對聯書法，尤以篆隸書體為多。方嚴這幅作品在形式及內涵上都做了改變，視同藝術再創作。譬如主文寫成「門」形，門下留白，產生「閑」的意象，足見佈局巧思；在用筆結字技法上，首行「以」字採篆書「以」草寫下筆，次行「壽」字以狂草剛挺迅疾、率意不拘的飛白線條表現，形成全幅視覺焦點。作者少年早慧，宗教信仰虔誠，既崇慕佛道，復寢饋書藝近半世紀，而今擇此十字展出，自當有其深旨焉。」（黃宗義教授）

本幅草書小品，以極簡捷師意點畫線條躍動出不同凡響的神采。在小篇幅中營造出點畫線條之無限表現力之大格局，既抽象亦具體，將難以確指之書法形象與向度，用力量感、節奏感和立體感等全部美的特質包容其中。（郭芳忠教授）

點閱：本件作品最大的特色在「以」字草化大篆結體，並將壽字拉長來表現，前後兩行字體緊湊，中間則以大量留白方式來呈現。作品中「以」字落筆方式猶如嬰兒誕生呱呱墜地一般的出生情景，人生充滿希望，是加法遞增；隨即各字湊連，猶如中年時忙於家庭及事業，生活步調如車輪般的轉動人生，以長線弧形繞動壽字及飛白來呈現，強調忘卻自身奔波勞碌於人生戰場上。晚年則以減法呈現，我還擁有甚麼？「補」字以短矮呈現想留住甚麼，才有「將壽補蹉跎」的感慨，期望能再補些甚麼，以減少中年奔波忙碌的遺憾。（豪志）

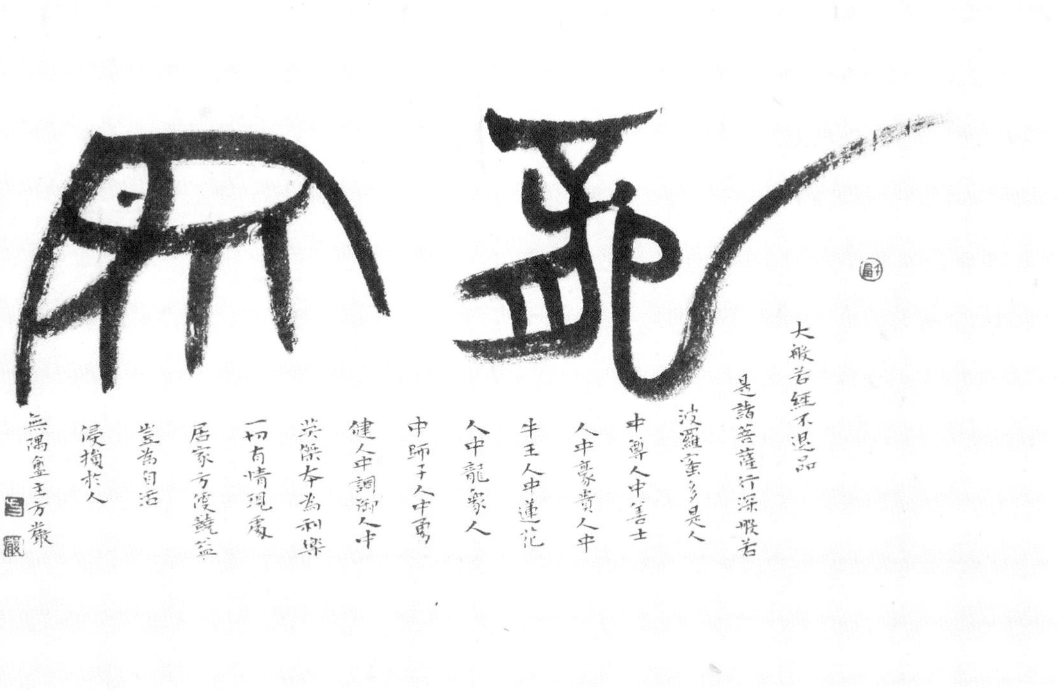

龍象

53×28 公分／ 2018

款識：《大般若經不退品》是諸菩薩行深般若波羅蜜多，是人中尊、人中善士、人中豪貴、人中牛王、人中蓮華、人中龍象、人中師子、人中勇健、人中 調御、人中英傑，本為利樂一切有情，現處居家方便饒益，豈為自活侵損於人？無隅龕主方嚴

後記：佛門中認為龍與象乃世上最大力之神獸，以其威猛能力能摧怨敵，故多用以護法，故武俠小說中有「龍象般若功」等功法。而龍與象，水行中龍力大，陸行中象力大，故佛門亦用以喻諸阿羅漢中修行勇猛有最大能力者，如何是修行勇猛者，「欲為佛門龍象，先作眾生馬牛」即是。佛法說，要想成為菩薩，需學習五明：內明（明因果）、因明（待人處事）、醫方明（醫學）；聲明（語言文字），工巧明（技術）如此之人，必是國之棟樑、佛門龍象，其中工巧明含括科技、藝術…。所以佛僧習書者多，甚而視之為必要功課。取大篆原形，稍易其貌。（方嚴）

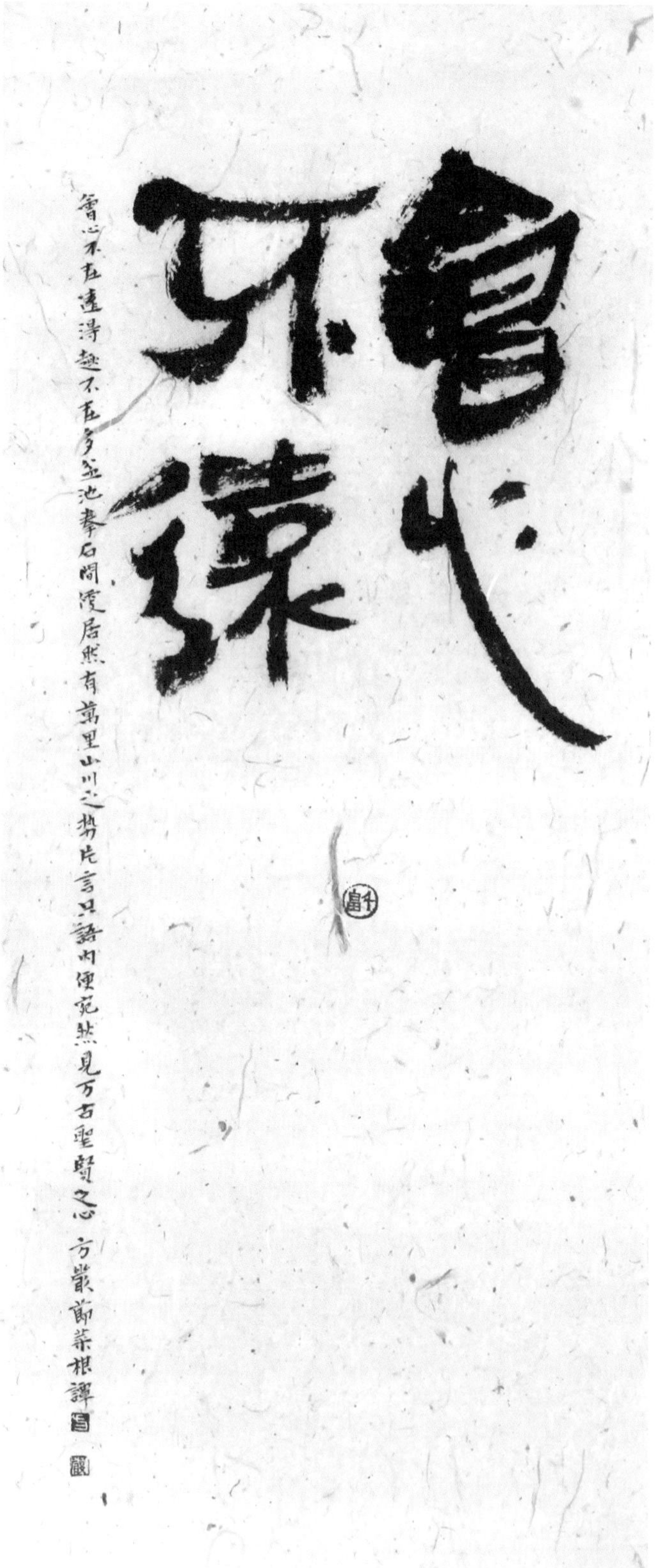

會心不遠

70×30 公分／2022

款識：會心不在遠 得趣不在多 盆池拳石間 便居然有萬里山川之勢 片言隻語內 便宛然見萬古聖賢之心 方嚴節菜根譚

點評：以竹簡為陣的漢簡書，用不甚吸墨的紙書寫，除了還原筆趣外，也多了新時代的創新。筆觸間有著極為自信的浪漫和率意，落款字雖小，卻筆筆到位，明代書家的筆意細膩呈現；布局也展現了作者疏朗的心靈，小圓章「千富」提示：所有的空白均有效空間。（施筱雲教授）

「會心不遠」以簡帛書體大字書寫，落款以小楷書寫。主文下半部空間留白，表現會心之無限空曠，是作者以老莊之意的特殊安排。「才是高士的眼界，達人的胸襟。」等字巧思隱身其後，是對觀賞者讚美，有著「國王的新衣」式留白，會心幽默的設計，呼應上半部「會心不遠」字義！（盧毓駬博士）

後記：語本南朝宋．劉義慶《世說新語．言語》：「會心處不必在遠，翳然林水，便自有濠濮閒想也。」比喻就近得到領悟。其中「濠濮閒想」取用《莊子．秋水》的典故，莊子曾在濠水邊和惠子辯論魚樂，後在濮水邊對楚王的使者，以神龜曳尾來比喻自己貴山海的放逸之心。《菜根譚》加以引申為「會心不在遠，得趣不在多；盆池拳石間，便居然有萬里山川之勢；片言隻語內，便宛然見萬古聖賢之心，才是高士的眼界，達人的胸襟。」

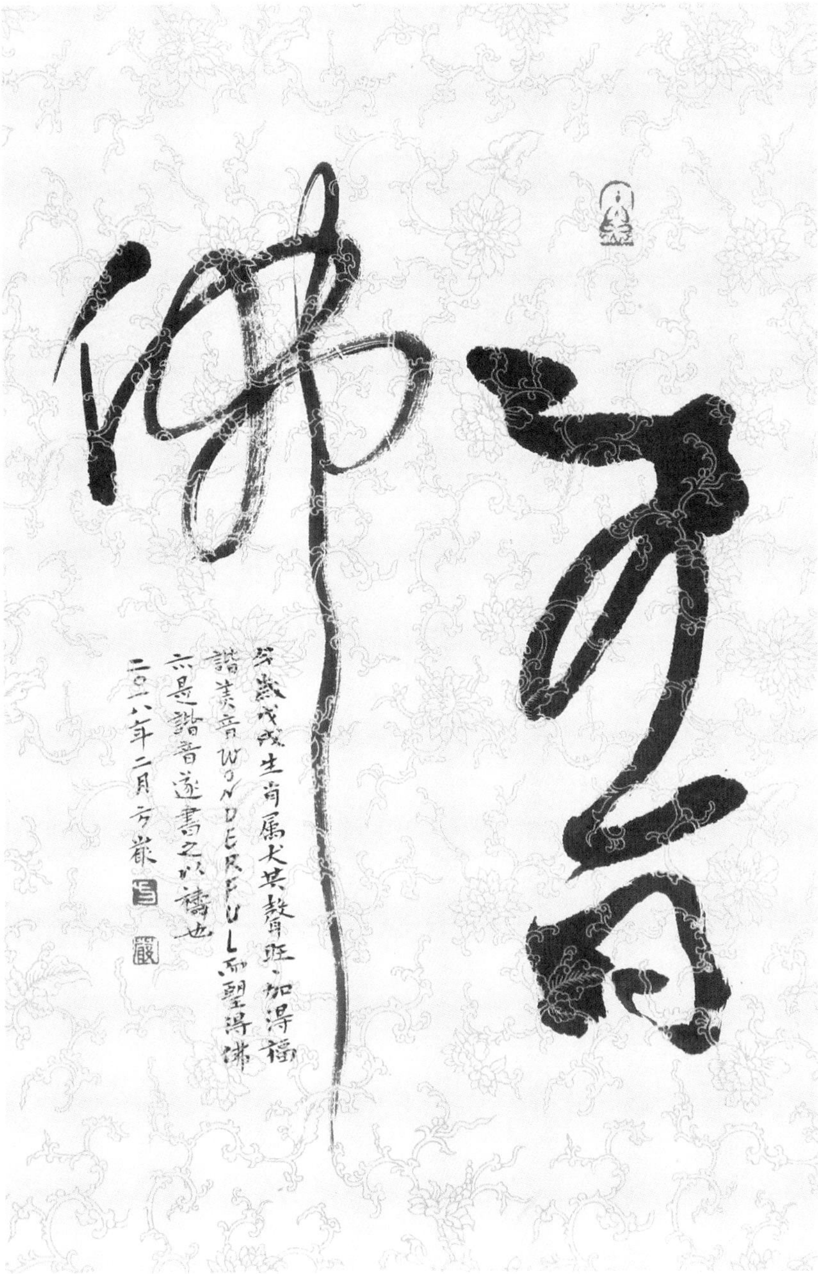

望得佛

40×26 公分／ 2018

釋文：望得佛

款識：今歲戊戌，生肖屬犬，其聲旺。旺加得福諧美音wonderful，而望得佛亦是諧音，遂書之以禱也。二〇一八年二月 方嚴

點評：此幅斗方作品「望得佛」，將英文WONDERFUL（絕妙的，極好的）音譯為「望得福」，再諧音「望得佛」。「佛」字拉長下方原是虛處，落款補實，虛處反在右上方，方嚴老師鈐蓋引首章佛像印破題！虛中見實，是一巧思或是補空鈐印偶得，都是傳神的章法。「佛」的纏繞造型有如4葉幸運草，與八大山人荷葉及荷梗的畫理相契合。「望得」二字其形有如求道之人，手背身後，彎身行走尋覓佛性的開悟。賢良經曰：「佛在靈山莫遠求，靈山只在汝心頭，人人有個靈山塔，好向靈山塔下修。」，智者覺迷，由外而內觀求佛性及佛心，「得」字內引的最後一點，應是此作隱喻「得之於心」的善解，佛可真是無所不在啊！觀賞者的佛性是否亦被此斗方佳作引出呢？！（盧毓騏博士）

點閱：本篇作者取自英文諧音wonderful，故書「望得佛」也，適逢今年歲次戊戌生肖屬犬，亦有書藝家寫「旺德福」，以求一年福旺連連，佛門亦主張增進福祉的方式必須要：知福、惜福、培福、種福，故老師取wonderful的諧音書成「望得佛」，「佛」和「福」諧音，共同期勉世人能夠在期望「旺德福」中更能夠：知福、惜福、培福並種福，以為禱念。（豪志）

犬聲旺旺，把人的士氣都鼓舞了，適逢今年生肖，旺又與望聲同，唸出來剛好是英文字中「讚」的意思，這樣的創意實在令人贊賞，老師作品中墨韻枯潤交織，流暢自然，用筆遒勁奔放，率意馳騁，可望而不可及，可謂神來之筆。（芳妙）

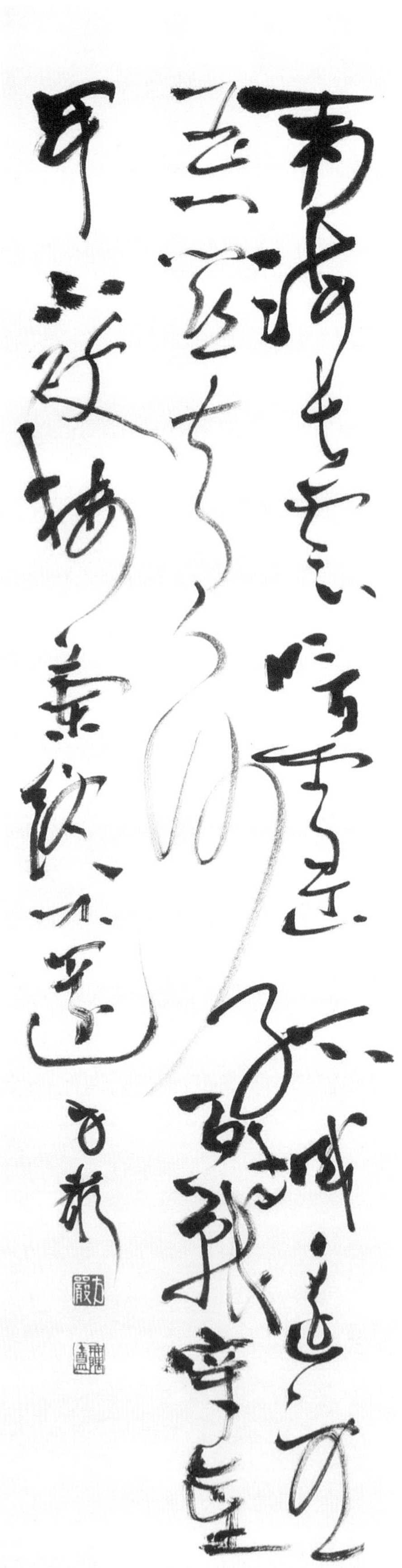

王昌齡〈從軍行〉

137×35 公分／ 2018

釋文：青海長雲暗雪山，孤城遙望玉門關，黃沙百戰穿金甲，不破樓蘭終不還。

款識：方嚴

點評：本幅草書條幅作品，以充滿力感之帥意點畫線條，透過多變的起止與不斷的承接呼應，極有節奏地運用筆力大小以及速度快慢，產生輕重、粗細、長短、大小等不同形態的有規律的交替變化。首行重筆肇起如青海長雲連綿而下，至孤城遙望玉門關一跌宕轉折，接著黃沙緲天際，映著百戰雄兵金甲誓破樓蘭的決心，痛快淋漓地運用筆墨技巧將雄渾詩意加成演出。（郭芳忠教授）

此作書寫王昌齡〈從軍行〉，首句「青」字首筆橫空寫出，橫畫緊疊，有如千里陣雲壓頂，後續字形筆畫交疊黏合，解構重組。線條比例被特意拉長或縮短，挑戰文意的判讀，例如「望」、「黃」、「金」及「破」等，充滿造形設計的巧思。章法上點黏穿插，如第一行「孤城遙」及第二行「百戰」，挑戰閱讀習慣，造成識讀誤區。此詩豪情壯志的特色，經方嚴老師高超的運筆，風馳電掣的速度及細勁線條的營造，經章法佈局及墨色變化加以演繹，書文並茂，個人經典書風躍然紙上，有著唐・懷素《自敘帖》的神態。以清・沈德潛《唐詩別裁》對王昌齡詩評云：「龍標絕句，深情幽怨，意旨微茫，令人測之無端，玩之無盡。」來形容此幅作品，竟妥貼合拍，望之令人讚賞。（盧毓騏博士）

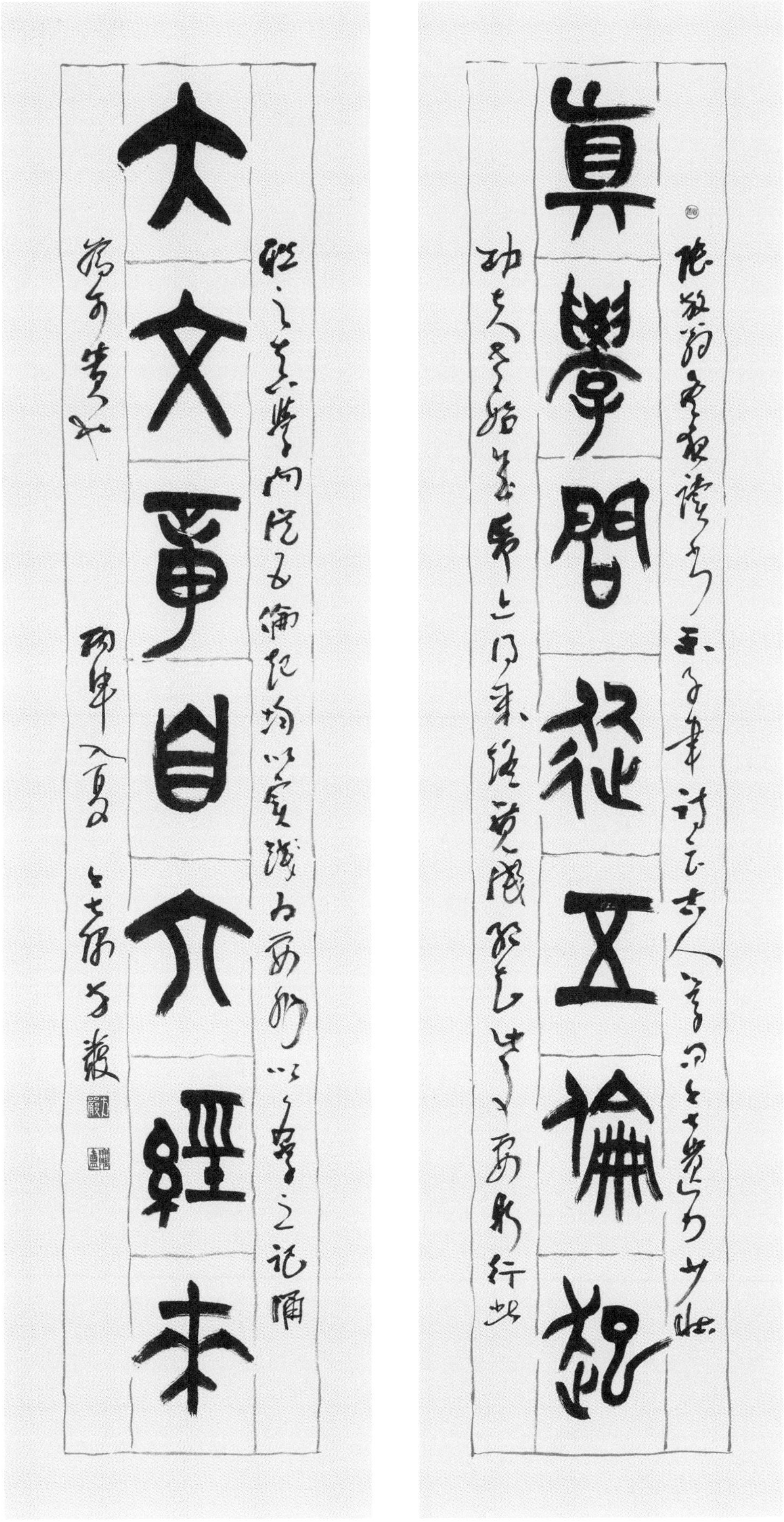

大篆對聯

180×45 公分 ×2 ／ 2016

釋文：真學問從五倫起，大文章自六經來。

款識：陸放翁冬夜讀書示子聿詩云：「古人學問無遺力，少壯功夫老始成，紙上得來終覺淺，絕知此事要躬行。」此聯之真學問從五倫起，均以實踐為要，非以文字之記誦為可貴也。丙申入夏 無隅方嚴

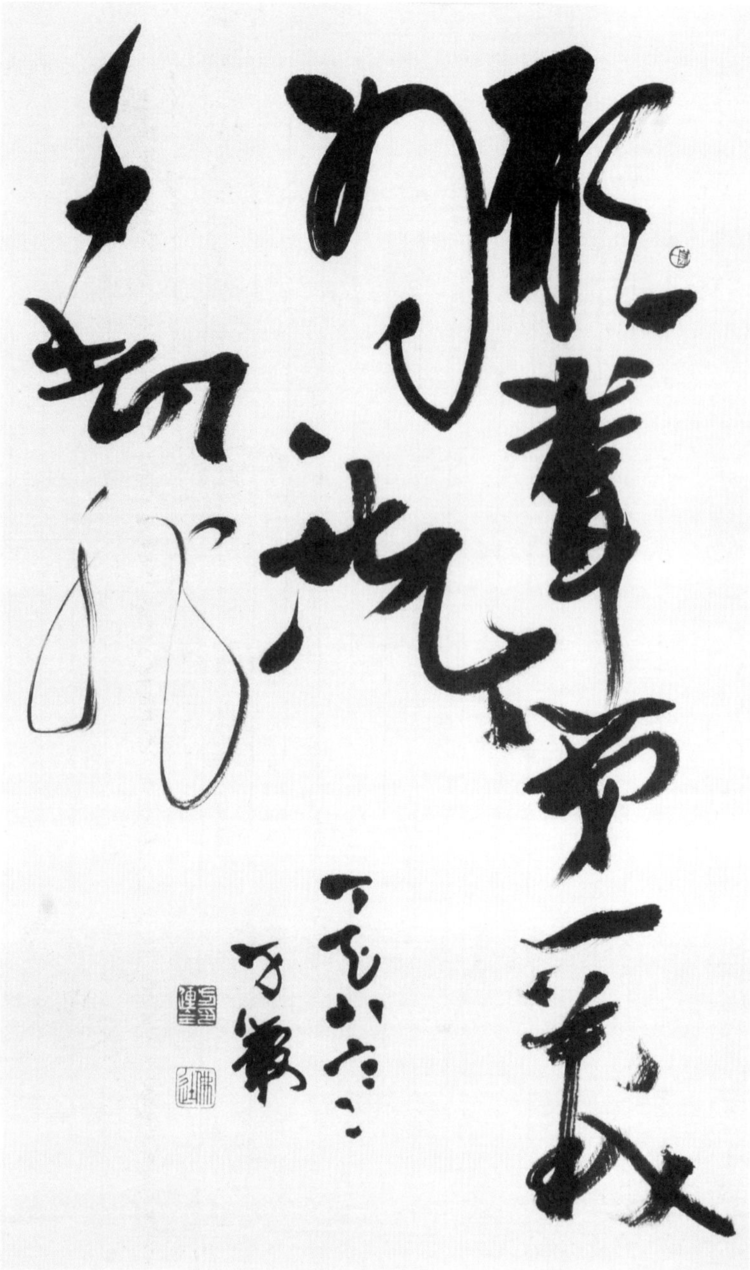

嚴復〈題講經堂〉

67×41 公分／2018

釋文：願聞第一義，為洗千劫非。

款識：丁酉小寒　方嚴

點評：無隅盦主書寫嚴復〈題講經堂〉：「願聞第一義，為洗千劫非。」匠心獨運，可圈可點。全篇雖僅寥寥十字，卻動靜自如，跌宕奇肆，於章法變化有獨到之處，讓人不禁拍案叫絕。請看「願、為」二字儼然深情好友依偎，形成「為、千」二者疏離有趣空間，蓋「為」字草書畫龍點睛妙在神來一點，有如高僧向左「千」字拱手作揖行禮。首行「義」與第二行「洗」結體奇絕不同凡響，第三行「千、劫」二字搖曳互動生姿。綜觀全幅多為濃墨實筆，盦主則以飛白、纖細、淡雅「非」字，「四兩撥千鈞」，輕鬆平衡畫面，更於霎那間產生縱深空靈之美。（黃志煌教授）

「第一義」意謂佛教高深之妙理；「千劫」乃意指無數災難。誠如宋陸游《送春》詩曰：「憑君借取法界觀，一洗人間萬事非。」聯語化用古詩語句以凸顯佛教之經典要義，蘊涵勸戒以正人心之旨意。通篇用筆瀟脫，結體凝鍊、縱逸兼而有之，另在章法之安排，頗有跳脫傳統之意味而有新意。（柯耀程教授）

點閱：三千餘年的書法藝術發展流變，給了我們不少啟示，無論是創作者或是觀賞者，都可以從「意」與「法」兩個層次去理解。「意」是書寫者的審美觀與對書法的認識，「法」則是創作時對書法的表現手段及基本方法。一篇內容豐富的書法作品，要能表現多元的矛盾與對立，如字形正敧、大小、筆畫的輕重、疏密、開闔與墨色的濃淡潤枯等等形象；同時又要解決其矛盾與對立，以達到畫面的和諧與統一，讓觀賞者玩味再三。無疑的，方君此篇行草作品，即高度運用了矛盾與對立的處理技巧，加上謀篇布局以左下部位的大量留白去對應右上區塊的重墨表現，容易奪人視線，而且看愈久愈能會心抒懷。（鄭銘博士生）

天公疼戇人 1

69×45 公分／2018

釋文：天公疼戇人

款識：二〇一八年二月 方嚴

點閱：此作以行草方式布局，開頭以濃墨呈現，結尾將人字飛白拉長。天公疼戇人，是用台語發音的方式來呈現出苦幹實幹精神，意即「天道酬勤，天道厚報那些勤奮的人。書作中作者將「人」字特別拉長用以暗喻出恆心長久之意，天字以濃重墨方式展現，暗喻著開始時的決心與目標擬定的重要與懇切，與本次展出作品中的「一生懸命」有著遙相唱和之美感。（豪志）

後記：憨，《說文》《廣韻》皆云愚也，癡也，另字戇，《辭海》釋為愚也、急直也，亦作惷。《周禮・秋官》：「戇惷愚，生而癡騃童昏者。」《史記・高祖本紀》：「然陵少戇。」德清，明末的四大高僧之一，憨山是其別號，時稱憨山大師。或以為憨與戇義稍有別。憨憨是反應遲慢，糊塗做事，戇戇是直率之人，不會變巧。此件作品用的是戇。天公疼戇人，台灣俗語。特別突顯為人處世讀書寫字當腳踏實地、步步為營、窮本溯源，不投機取巧、譁眾取寵，天公自然會給於疼愛。（方嚴）

吃菓子拜樹頭

47×13 公分／ 2022

款識：壬寅之夏 方嚴

點評：朱墨書寫，在正式與非正式間，表達了漢簡的輕鬆適意。喫菓子拜樹頭原就是一句俗諺，以鄉野生活喻人生嚴肅道理，方家以輕鬆又嚴正的筆意，寫出漢簡的美感。長筆的甩放中，有著刻意的嚴謹。（施筱雲教授）

本件作品以朱墨簡帛書體寫「喫菓子拜樹頭」，字義是閩南語俚語，表示受到他人的幫助後必須學會不忘記回報。「喫」是「吃」的異體字，整行字有古樸風，落款以行草書體寫，再以朱色印泥用印，整幅顏色統一，以輕鬆的行草書筆調揮寫，加上筆畫粗細及字形的對比表現，營造章法及視覺上的層次感。（盧毓騏博士）

後記：俚語將「吃菓子拜樹頭，吃米飯敬田頭」並舉，都有飲水思源、不可忘本的意思。吃水果感謝果樹；吃米飯感謝大地，感恩、惜福、純樸、善良，是祖先的遺訓，也是遺德。

方某縱身書界有一點小名氣，總覺得不可思議，曾以「感恩的心」為文，擷取一段分享看倌：書法是藝，在儒家生命中直指其用為「游」，最高指導為「道」，藉書通「道」，書之用始為大；藉書而得名得利，那是「小道」，易陷「道」於名來利往之中，甚且爭之奪之，那麼書法就不是雅事了，終究黨同伐異，譁眾取寵，如此書法更不是善法而是惡法了。書可說法，書在說法，藉法而內渡己外渡他，原來書法是道場，有了這樣的體會，所以我永遠心存感恩。

簡帛書體，書寫率意，用筆多圓轉映帶，氣韻生動活潑，是已見行草筆意具篆隸結構的行草作品。簡帛書的出現，填補三百多年從小篆到隸書的文字空白，功德無量。

聯句〈學以•不誣〉

112×23 公分／2021

釋文：學以致道　不誣方將

款識：辛丑之春　方嚴

後記：「學以致道」取自《論語・子張》子夏曰：「百工居肆以成其事，君子學以致其道。」百工是小道，子夏認為「雖小道，必有可觀者焉」，但是「致遠恐泥，是以君子不為也。」而君子之學，當以「致道」為目標，脗合孔子「志於道，據於德，依於仁，游於藝」的教法。「不誣方將」即來者難誣，義見 P20。簡帛書體之特色，介篆隸之間，既不拘謹也不放縱，可大可小可長可短，利搭配以求畫面之錯落諧趣。

老樹愈老愈精神水店山樓若有人清到十分寒滿把始知明月是前身 金農畫梅 方嚴小字書

綠葉青蔥傍石栽孤根不與眾花開酒闌展卷山窗下習習香從紙上來 董其昌蘭 無隅居士書

咬定青山不放鬆立根原在破岩中千磨萬擊還堅勁任爾東西南北風 鄭燮題竹石 方嚴燈下書

一花能白又能紅晚節猶能愛此工寧可抱香枝上老不隨黃葉舞秋風 朱淑貞黃花 無隅畫之

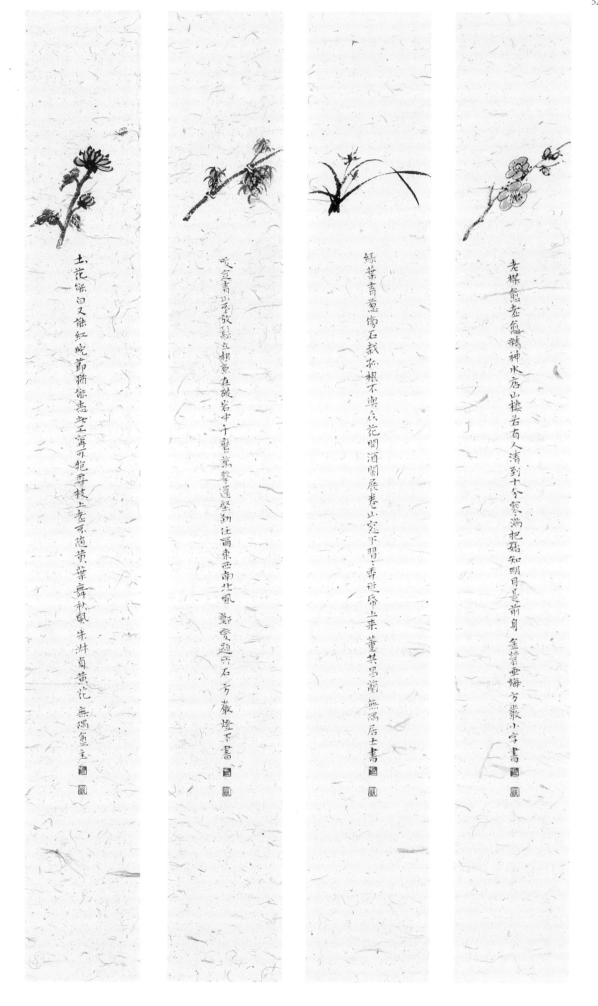

梅蘭竹菊

90×11 公分 ×4 ／ 2018

釋文：（一）老梅愈老愈精神，水店山樓若有人，清到十分寒滿把，始知明月是前身。金農〈畫梅〉
（二）綠葉青蔥傍石栽，孤根不與眾花開，酒闌展卷山窗下，習習香從紙上來。董其昌〈蘭〉
（三）咬定青山不放鬆，立根原在破巖中，千磨萬擊還堅勁，任爾東西南北風。鄭板橋〈題竹石〉
（四）土花能白又能紅，晚節猶能愛此工，寧可抱香枝上老，不隨黃葉舞秋風。朱淑真〈黃花〉

款識：（一）方嚴小字書
（二）無隅居士詩
（三）方嚴燈下書
（四）無隅盦主

點評：就內容而言，通常畫家四屏創作時，多以春夏秋冬景色為主題，無隅盦主貴為明道大學國學所文學博士候選人，文學涵養深邃淵博，慧心別具。既書畫鮮明融合，以簡單逸筆水墨梅蘭竹菊四君子借代四季，賦予多層次意蘊。又巧意並聯四詩，金農〈畫梅〉、董其昌〈蘭〉、鄭燮〈題竹石〉、朱淑貞〈黃花〉，以一管從容貫之，讓人於欣賞精湛書跡時，也咀嚼雋永的詩句。就書法而言，盦主鴻才早發，端楷小字一絲不苟，與其說是黃道周、王寵等大家筆意若隱若現，倒不如說方兄已經援道入書，了無罣礙，清雅峻利可人，一脈自我面貌，字裡行間靜謐雍和，悠然透出四季平安之雅意。（黃志煌教授）

本件作品上方以墨骨梅蘭竹菊為主體，分四條屏創作，各屏下方採單行直式書寫，筆意約於魏晉小楷輔以文徵明之間，所題詩材均與畫相呼應，看似題畫署款，又可視為創作主體，與畫之間形成一種特殊之依存及微妙的主從關係，卻又無法辨別何者為主？何者為從？且各屏雖單行書寫，然四品合為一體，左右空間寬綽，上下行距緊密，氣勢暢達，空靈高遠，通篇散發既疏離又密實之空間感，堪屬書法創作上極富巧思之佳構。（林榮森博士）

後記：憑在輔大當書畫學會會長時，跟田父老師在社團課偶而畫畫的印象，分別為金農〈畫梅〉、董其昌〈蘭〉、鄭板橋〈題竹石〉、朱淑貞〈黃花〉插畫，不嫻熟的手，不聽話的筆，不習慣的墨，在驚心動魄中完成不可能的任務。四君子之菊，有一隻昆蟲聞香飛來，這是一個「意外」，甚愜。（方嚴）

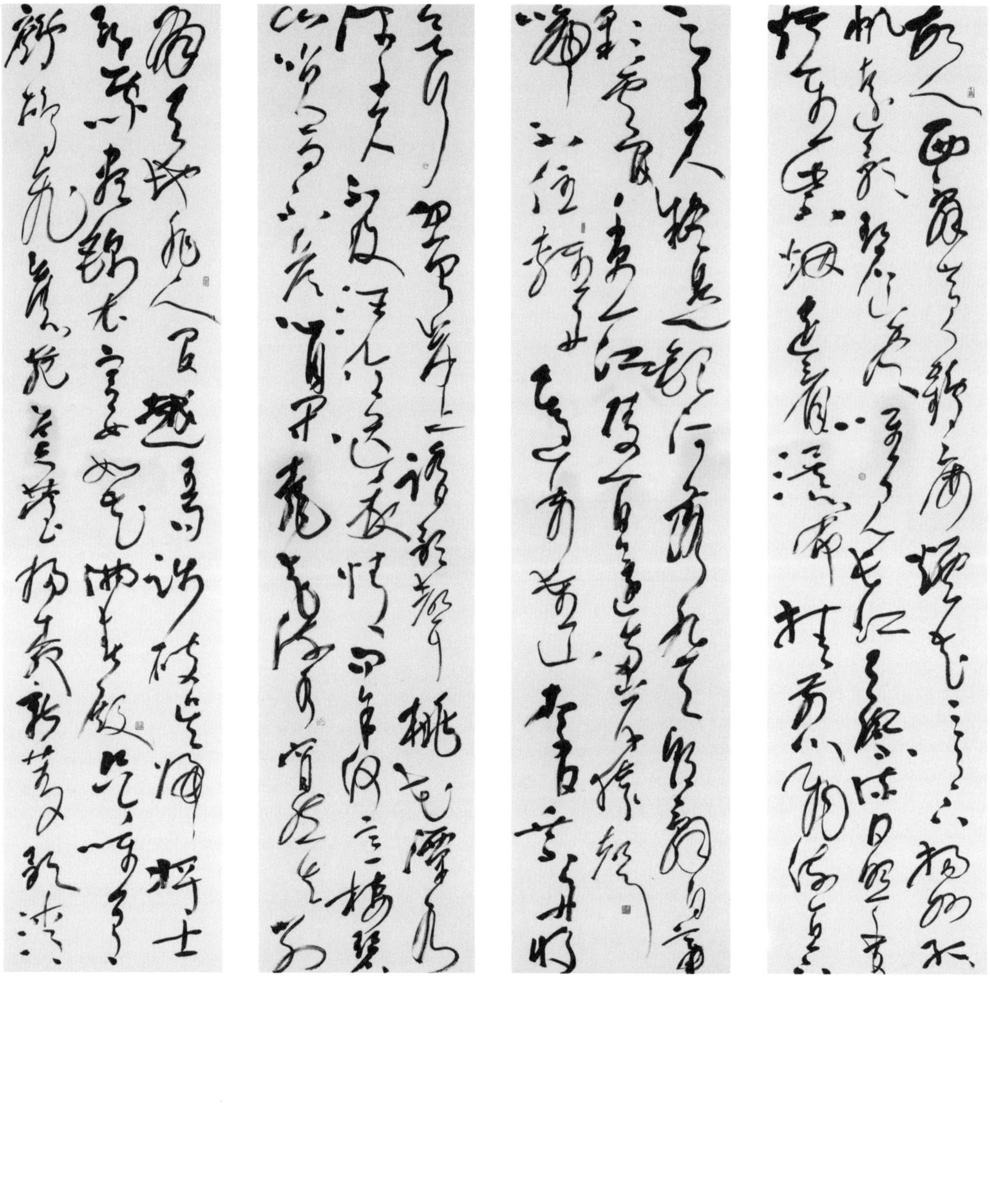

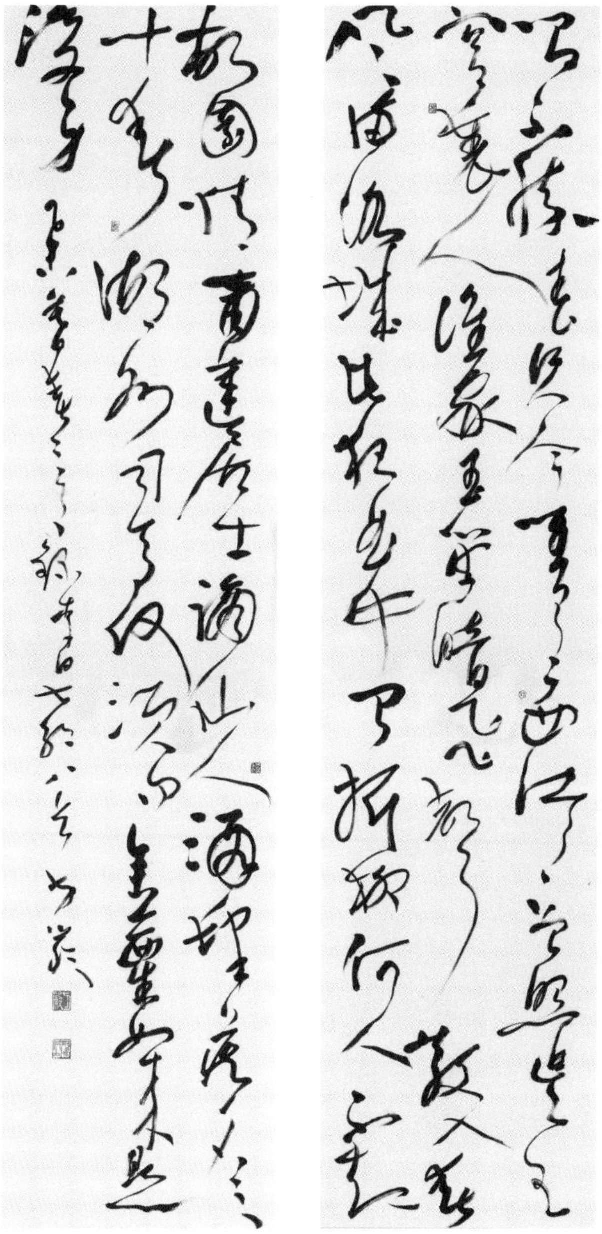

李白七絕九首

240×48 公分 ×6／2018

釋文：故人西辭黃鶴樓，煙花三月下揚州，孤帆遠影碧山盡，唯見長江天際流。〈黃鶴樓送孟浩然之廣陵〉
日照香爐生紫煙，遙看瀑布挂前川，飛流直下三千尺，疑是銀河落九天。〈望廬山瀑布〉
朝辭白帝彩雲間，千里江陵一日還。兩岸猿聲啼不住，輕舟已過萬重山。〈下江陵〉
李白乘舟將欲行，忽聞岸上踏歌聲，桃花潭水深千尺，不及汪倫送我情。〈贈汪倫〉
問余何意棲碧山，笑而不答心自閑。桃花流水窅然去，別有天地非人間。〈山中答問〉
越王句踐破吳歸，義士還家盡錦衣，宮女如花滿春殿，只今惟有鷓鴣飛。〈越中覽古〉
舊苑荒臺楊柳新，菱歌清唱不勝春，只今唯有西江月，曾照吳王宮裡人。〈蘇臺覽古〉
誰家玉笛暗飛聲，散入春風滿洛城，此夜曲中聞折柳，何人不起故園情？〈春夜洛城聞笛〉
青蓮居士謫仙人，酒肆逃名三十春。湖州司馬何須問，金粟如來是後身。〈答湖州迦葉司馬問白是何人〉

款識：乙未暮春三月錄李白七絕八（九）首 方嚴

點評：連全之草書，雖法乳於二王，然其用筆很少有大幅度的提按起伏，而以古澹勁健取勝，但在造形上，則意態縱橫、跌宕多姿，甚至解構字形，往往令人難以識讀，但在盤紆繚繞之中，卻覺得諸如「怪石奔秋澗，寒藤掛古松」之類的意趣，隨處可得，因而對他的草書作品，產生神祕莫測之感；而字軸之左右擺盪挪移，猶如藤蔓之臨風招展，更憑添無限的婀娜。此類非理性的種種特質，顯然得之於懷素者為尤多，而採擇於晚明諸家者亦復不少，而更重要的則是要靠作者獨到的思維，以及旺盛的創造力，加上一時的興會所凝聚而成。而這件草書六屏，正體現了這種高妙不凡的境界，令人玩索不盡！（陳維德教授）

後記：復出後，用了一點心思，此草書聯屏大抵是如此概念呈現的。取義於鄧石如「字畫疏處可使走馬，密處不使透風，常計白當黑，奇趣乃出。」參酌元明書家形體的解構與重組，期使妍中有醜態，醜裡有妍姿，醜妍互表，虛實共生，疏密顯致；以敧側顯姿態，以平正表閑雅。概念上，從真書、隸書、篆書建構，藉行草解構。點畫處處求生而不苟且，行筆時時保留餘地，常不令一眼看盡。在二王、孫虔禮基礎上，參入懷素、祝枝山、八大山人、趙之謙筆意，識淺手拙，恐不入方家之眼。（方嚴）

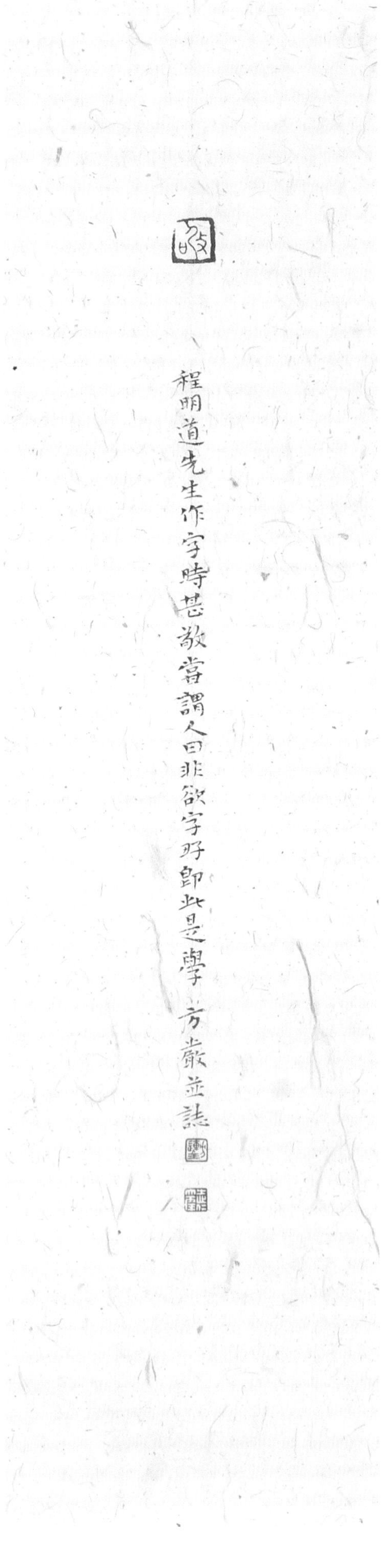

程明道 - 敬

69×17 公分／2018

釋文：程明道先生作字時甚敬，嘗謂人曰：非欲字好，即此是學。

款識：方嚴並誌

點閱：小字難寫，尤其結字闊綽更屬不易。老師此幅小楷感官上卻有清爽、俐落之美。點畫線條間有些各不相接，卻是筆斷意連，呼應有勢，充分體現了老師小楷書法的自我面貌。（仁德）

後記：一幅小楷書作，需寫上幾千幾百字才有可觀，因為字數多，看倌容易昏花，於是大略小看，看花心情而已。此逆向思考之作也，偌大空間只書一行，聚焦易看讀易記得易，敬耳。儒家講求「敬」，《禮記．曲禮》以「毋不敬」揭櫫禮的根本精神，從敬天而敬人、敬物，自然天人和諧。如何是敬？「陳善閉邪謂之敬」，如何是行？《易經坤卦》：「敬以直內，義以方外。敬義立而德不孤，直方大。」伊川先生直言「主一謂之敬，…須以直內，乃是主一之義。」均指出敬之由內而擴散於外。總之，做人當主敬存誠。（方嚴）

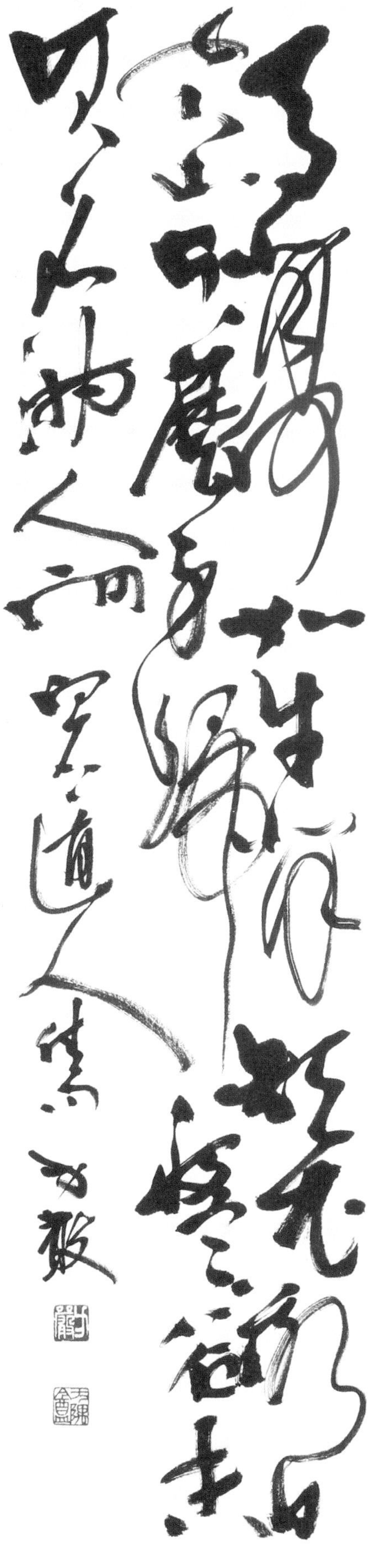

白石道人〈馬上值牧兒〉

137×35 公分／ 2018

釋文：馬背何如牛背，短衣落日空山，只麼身歸盤谷，未須名滿人間。

款識：白石道人佳句 方嚴

點評：此件作品章法大膽，首行前三字「馬背何」一氣呵成，互相重疊，消除了字距，而第一行牛背的「背」字上方兩點落入第三行「歸」字下方，左右穿插，第一行「落」字和第二行「谷」緊緊相連，如此一來，打破行距。所謂「藝高人膽大」，若非胸有成竹和純熟的技巧，恐怕難以書成此一佳作。（羅笙倫博士）

後記：偶而翻閱姜夔－白石道人的詩集，發現這首六字詩。詩以五七言居多，六字詩駢偶落句，讀來不像奇句起伏高昂，別有一番趣味。個人創作詩歌中出現不少，例如〈菩提吟〉：「聚散原本無常，人生幾度夕陽，忍堪一世蹉跎，悵悵悵。也曾滄海寄跡，也曾叱吒幾許，待將紅顏殘褪，戚戚戚。風雨陰晴不定，來來去去停停，驀然回首一瞥，驚驚驚。（方嚴）

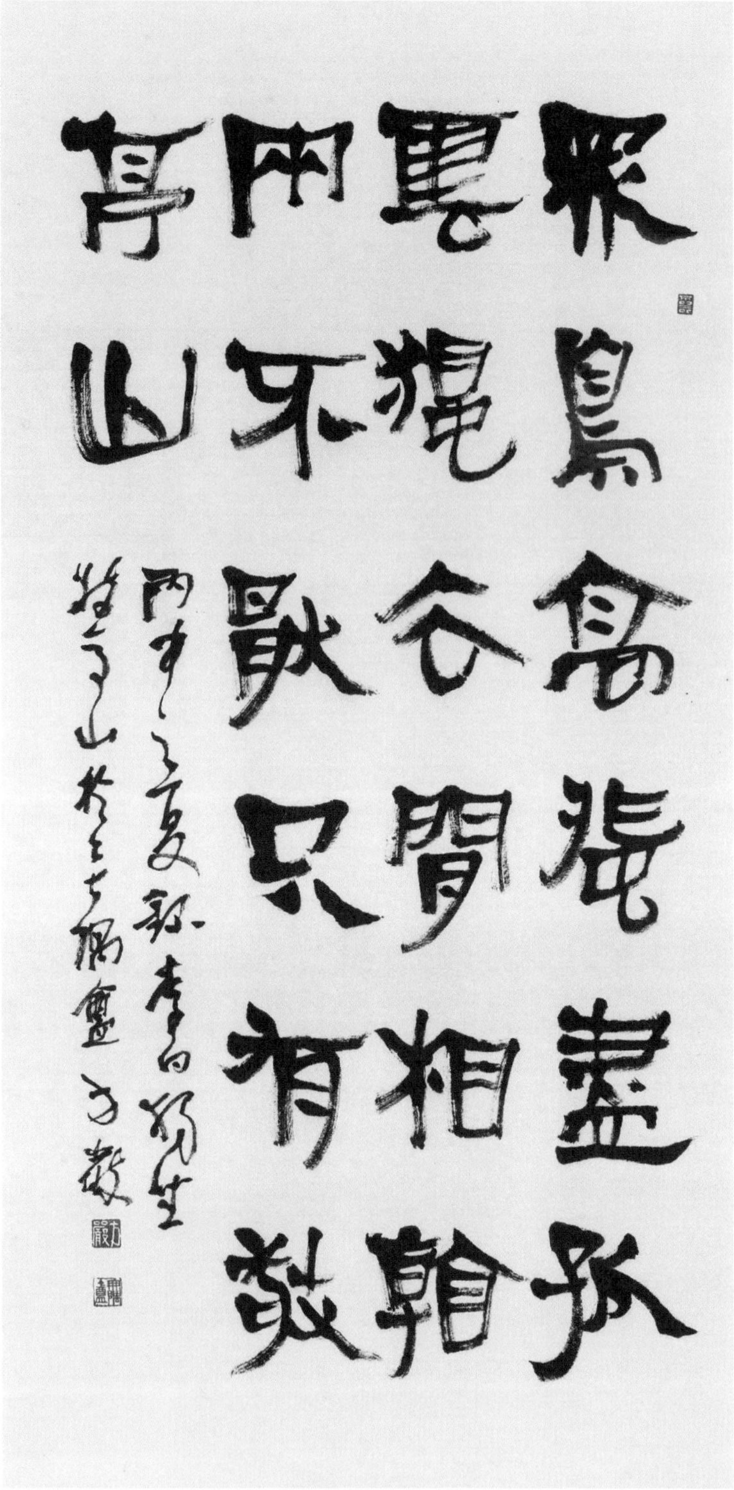

李白〈獨坐敬亭山〉

137×69 公分／ 2016

釋文：眾鳥高飛盡，孤雲獨去閒，相看兩不厭，只有敬亭山。

款識：丙申之夏錄李白獨坐敬亭山於無隅盦 方嚴

後記：洎帛書、木簡活躍於篆隸舞台後，古篆、隸遂闇然退場，此作與太上隱者〈答人〉係古今隸略參行意之作。

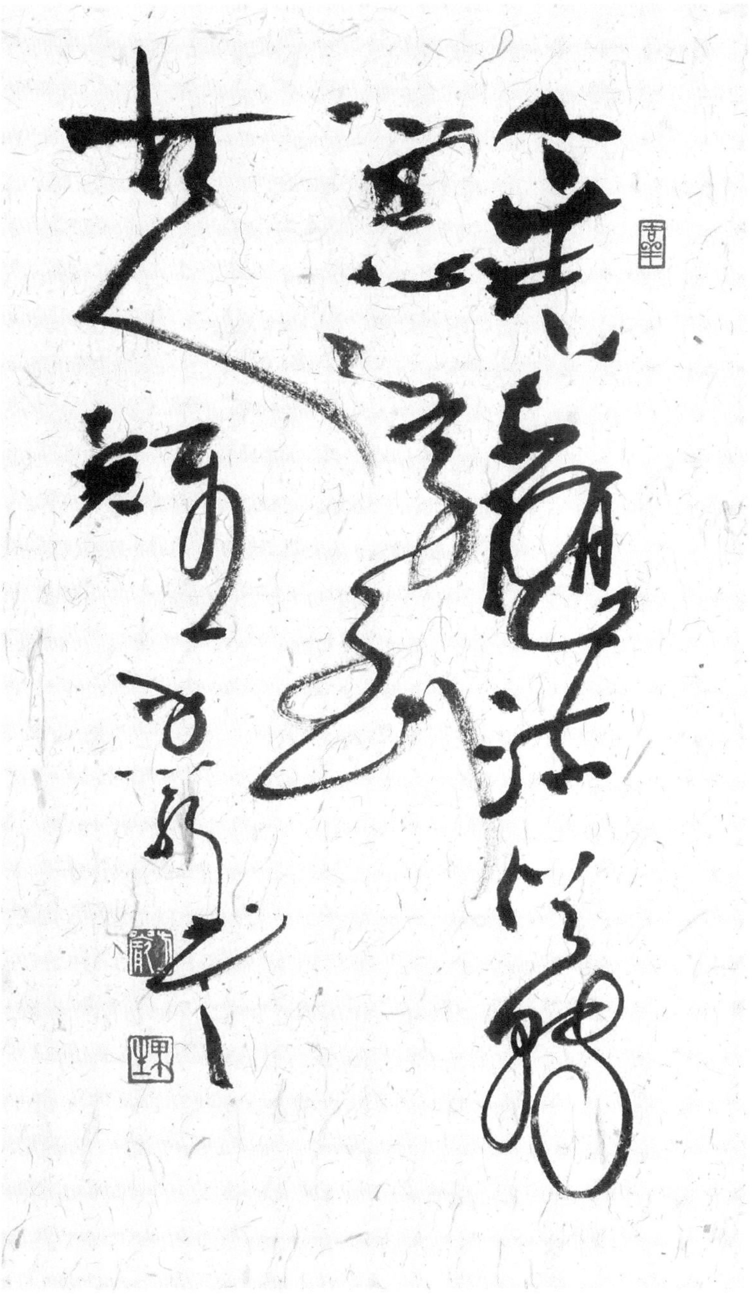

立志・留心

68×39 公分／ 2018

釋文：立志不隨流俗轉，留心學到古人難。

款識：方嚴書之

點評：方嚴師終身探究書寫文字之法度、範式，非僅守法求工，更求情境自然地展現，每幅作品皆讓我有莫名的悸動。初見此作，即有份清新脫俗、出于污泥而不染之感。果其不然，細研文字內容闡述「不隨流俗轉」之心境隨即湧現。此作不但展現草書的伸展、大開大合，又含

楷書細膩精緻的本質，書藝上品之作。古人云：書畫同源，方嚴師豈止如此，更晉之「書畫心同體」也，著相是書作，卻如畫又連心！（蔡江東博士）

點閱：此作品呈現異於現今書風，有變與有不變。能跳脫字距、行距等傳統束縛，有古代書法家「疏可走馬，密不通風」的空間留白美學的呈現。線條間彼此互相揖讓與呼應的安排，字與字間時而清晰，時而模糊，可謂大膽。綜觀而言，有股讓人想細細品味的吸引力。通篇作品之神彩令人讚嘆，正契合唐張懷瓘《文字論》所云：「深識書者，惟觀神彩，不見字形。」與南朝王僧虔《筆意贊》所云：「書道之妙，神彩為上，形質次之，兼之者可紹於古人。」之論點。此草書作品能有此新意，追究其因是方老師平時臨帖甚勤，於楷書基本功著墨尤深之故。近觀有些書家詭奇多變，不從楷體下手或涉及不深即旁騖他體，宜慎之。（友章）

藝術無止境，即使大師也有他不足和待突破的地方，所以能學到古人的難處（瓶頸），才是讓人有不斷追求的動力。以此觀點來欣賞老師這件作品，三行中兩行緊偎，形成獨特的空間視覺。誇張的疏密和移形換位，加上落筆力道連綿遒勁是一件上好的作品。「江山代有才人出，各領風騷五百年」，繪畫到張大千才大放異彩，雕塑到朱銘大破大立，書法也颳起一陣炫奇標異的旋風。但因一味的背離傳統，讓人如墜五里霧中，反而失去藝術的堂奧。（同慶）

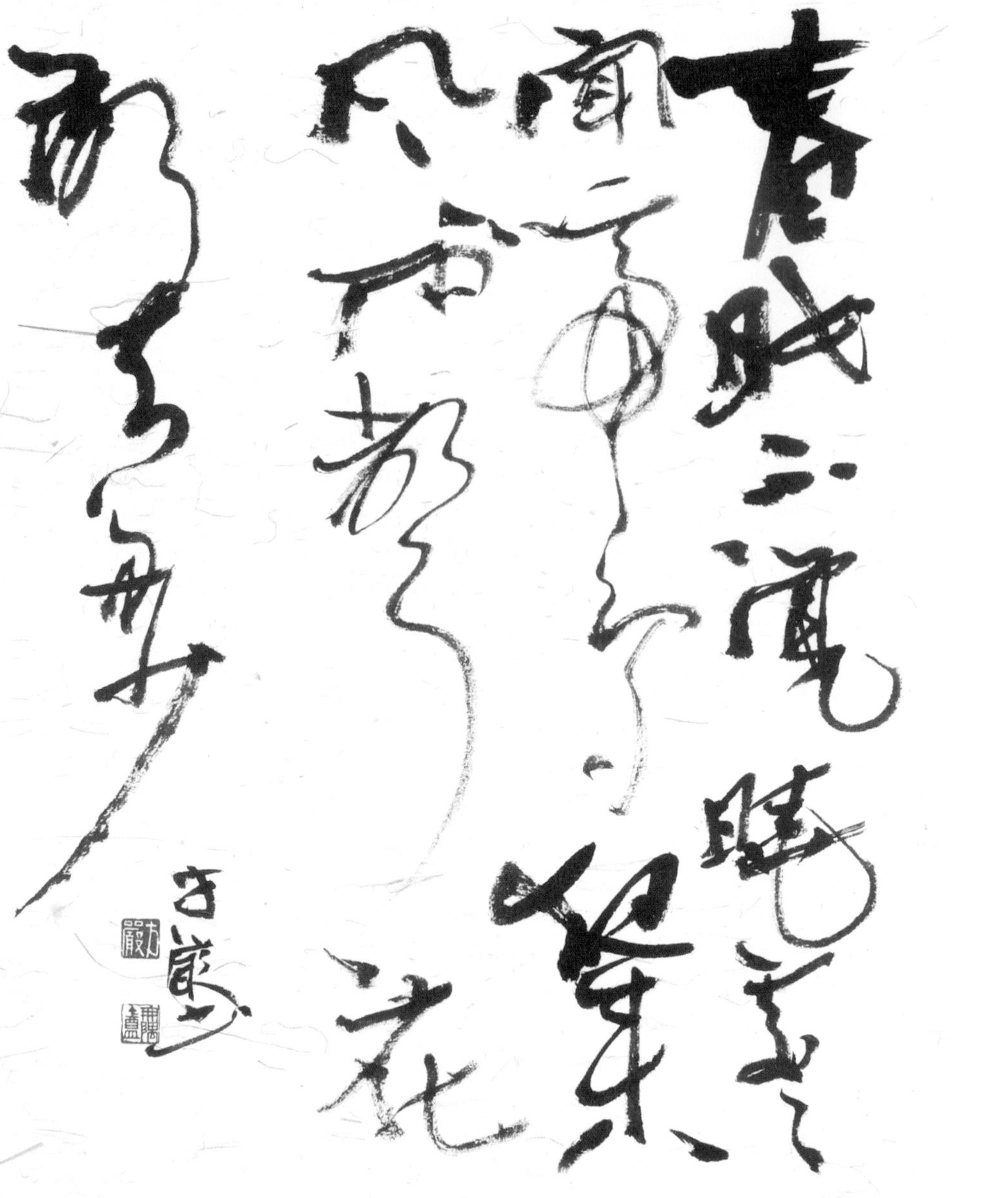

孟浩然〈春曉〉

90×69 公分／2018

釋文：春眠不覺曉，處處聞啼鳥，夜來風雨聲，花落知多少？

款識：方嚴書

點評：方老師此斗方之作，延續小筆書大字之風格，於單字造型着力甚多，出乎意料之外！全是屬於個人美學的獨特修養。有東坡左秀右枯之風，如春、眠、不、夜、雨、落等字；有上下左右極大錯位設計，如覺、曉、來、雨、落等字。通篇放逸疏朗，蕭散簡遠，行距愈來愈大，開開而來，自然天真！蘸墨寫來，直入胸臆，任筆枯而行於所當行！作品中路，用筆靈虛與外圍之潤實，形成「洞」的意象，遠近明顯，立體感呼之欲出。結尾末筆之澀勁筆調，意在筆外，欲行又止，耐人尋味……（陳明德總監）

書法是空間的視覺藝術，謝赫「畫品」六法所謂「經營位置」是也。方嚴先生所書孟浩然「春曉」一作，以流暢宛轉神韻飛動的草書寫成，全篇節奏明快、生機勃勃，行間或跌宕或欹側，奇正相生，險而能安，可謂擒縱自如逸趣無窮。作品中央「啼、鳥、聲」三字以渴筆淡墨書寫，「聲」字下端並留下大塊餘白，如水泉潺湲，雲霞舒捲一般；使畫面層次呈現出近深遠淺的視覺效果，是眾鳥鳴春的意象圖，更是一幅書藝詩境完美結合的佳構。（張日廣理事長）

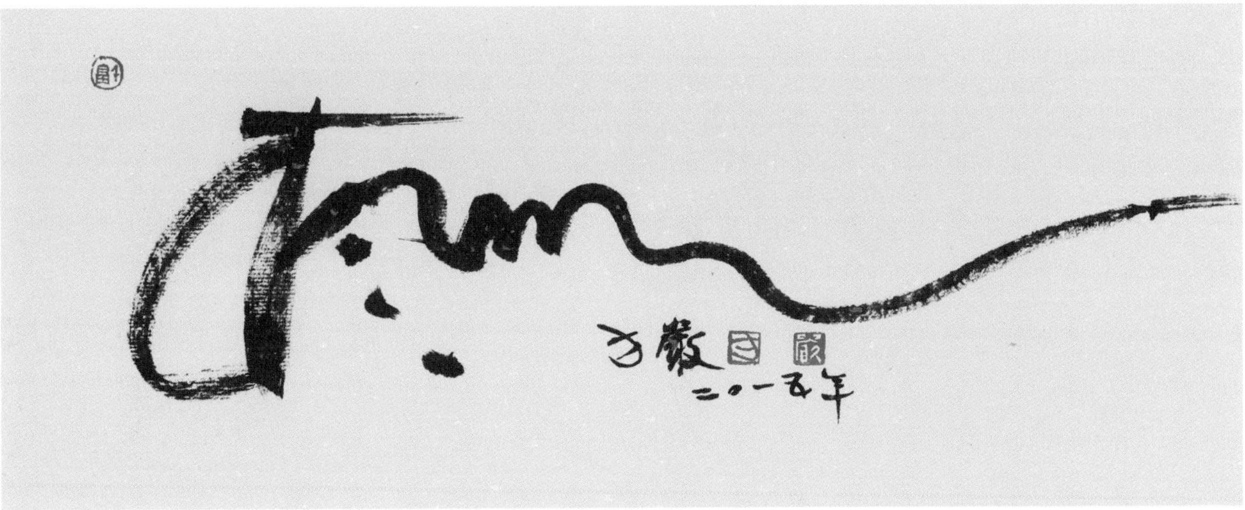

一帆風順

38×15 公分／ 2015

釋文：一帆風順

款識：方嚴二〇一五年

後記：帆是造型，餘以草字解構牽引。後現代書藝極盡融合書體、情境之能事，以書當畫，以畫作書，其甚者無法辨識，晚近更有「非書法」之創作，此作之「帆」，即是以畫作書，戲作中有一份祝福在。（方嚴）

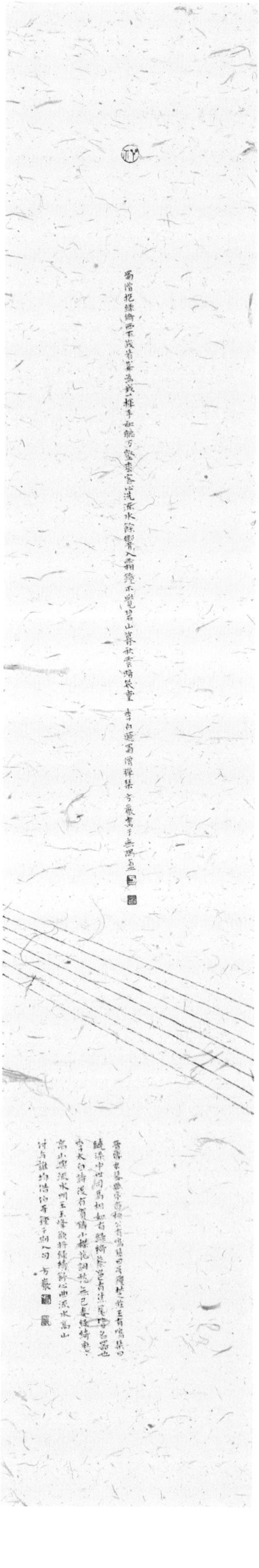

李白〈聽蜀僧彈琴〉

128×21 公分／ 2018

釋文：蜀僧抱綠綺，西下峨眉峰，為我一揮手，如聽萬壑松；客心洗流水，餘響入霜鐘，不覺碧山暮，秋雲暗幾重。

款識：傅玄琴賦序：齊桓公有鳴琴曰號鐘，楚莊王有鳴琴曰繞梁，中世司馬相如有綠綺，蔡邕有焦尾，皆名器也。李太白詩後有賀鑄小梅花詞：愁無已，奏綠綺，歷歷高山與流水；明王玉峰：欲將綠綺舒心曲，流水高山付與誰。均借伯牙、鍾子期入句。（方嚴）

點評：長長的紙幅就像一張古琴，紙面的七弦，讓人玄想起古琴的音樂。連全用典雅精工的小楷，寫李白的聽蜀僧彈琴詩，讓讀者和李白一起從琴聲中聯想萬壑松聲，以及洗淨塵思的流水聲，這是感性的享受。紙幅左下方，連全帶領讀者認識齊桓公的「號鍾」、楚莊王的「繞樑」、司馬相如的「綠綺」和蔡邕的「焦尾」四張名琴，明人王玉峰也有「欲將綠綺舒心曲，流水高山付與誰」，回想伯牙不言，鍾子期卻能聽出好友的流水高山之志，連全又帶給大家知性的思維。（劉瑩教授）

以空靈、虛境的畫面點出主題，再用虛無飄渺的思想情感、心理變化，於筆下流露出娟秀優雅的小楷書作。用筆剛柔相濟，點畫之間，饒有異趣，幽深無際，古韻有餘；其七弦橫空，書作於左下，以虛實互補的布局，心手合一的躍然紙上，老子有言：「大音希聲」，此作饒具「希聲」之意境，堪稱傑作。（張枝萬博士）

明・于謙〈石灰吟〉

137×35 公分／2018

釋文：千鍾萬鑿出深山，烈火焚燒若等閒，碎骨粉身渾不怕，要留清白在人間。

款識：戊戌方嚴書

點評：在書法史上赫赫有名者率以行草居多，無隅龕主則屬臺灣書壇箇中好手。早期即以褚體楷書拔得省展頭籌，如今則逍遙於形象鮮明活潑的行草氛圍之中。蓋行草揮灑空間浩瀚，書家才華洋溢，筆下則如行雲流水。明朝于謙〈石灰吟〉：「千錘萬鑿出深山，烈火焚燒若等閒；碎骨粉身渾不怕，要留清白在人間。」千年以來膾炙人口，在龕主筆下表現淋漓盡致。且看起筆「千」字意象妙契得道高僧，冷眼一任塵世變動無端，三行章法恰似三千娑婆世界，上下若即左右若離，爾實我虛，奇正相生，跌宕誇張生姿，瞬間懷素、張旭魂魄叱吒於毫端，驚駭龍蛇頓生劇烈空間變化，隱然體現石灰遭逢千錘萬鑿的無常幻化過程。（黃志煌教授）

行草書貴在指爪間之擒縱有度，是作擒縱間猶見才情，應是作者自詡合意之作。（林俊臣教授）

點閱：西元一四四九年，土木堡之變明英宗被俘，當時抗擊瓦剌有功的兵部尚書于謙在一四五七年英宗復辟被殺害。詩中的「千錘萬鑿，烈火焚燒」是人格的堅毅剛忍。「粉身碎骨，要留清白」是人格道德修養。方老師似乎對這首詩情有獨鍾，創作曲「留得清白在人間」應是於此得到了啟發。本件作品墨韻乾溼交錯，生動有緻，勁道十足，疏密聚散，詩書畫融而合一。（米亮）

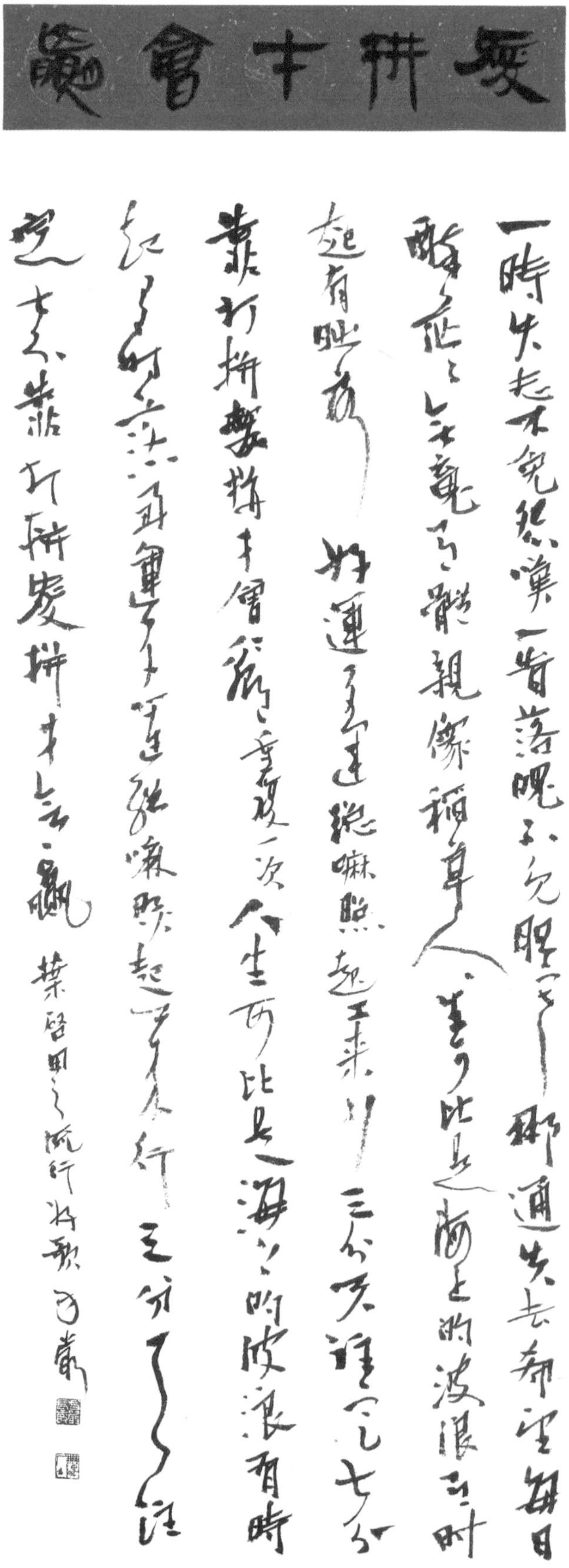

愛拼才會贏

137×69 公分／ 2022

釋文：一時失志不免怨歎　一時落魄不免膽寒　那通失去希望　每日醉茫茫　無魂有體親像稻草人　人生可比是海上的波浪　有時起有時落　好運歹運　總嘛要照起工來行　三分天注定　七分靠打拼　愛拼才會贏（重複一次）人生可比是海上的波浪　有時起有時落　好運歹運　總嘛要照起工來行　三分天注定　七分靠打拼　愛拼才會贏

款識：葉啟田之流行好歌　方嚴

後記：陸放翁《幽居遣懷》之一：「習氣深知要掃除，時時褊忿獨何歟？呼童不應自生火，待飯未來還讀書。世態詎堪閑處看，俗人自與我曹疎，作詩未必能傳後，要是幽懷得小攄（音書）。」其中「呼童不應自生火，待飯未來還讀書」見過孔德成老師（我大四修過他的課）寫成小篆對聯，一直不忘。此對句寫忍辱與嗔恚的交戰，佛性習性的安與不安，也寫出詩人淡然與从容的生活態度，如今投入紅塵，稍有會心。

此作前身也是「待飯」時，友人傳來這首歌，起興提筆寫成草件併歌再分享友好。幾日後再正式完成此作，樂事一樁。（銜樂之際又寫《家後》，再說因緣。）

現代書法也講究裝置藝術，所以有了異於傳統的表現，如此書作，畫面上乍現一份喜悅歡樂，好像看到了希望，或也顯出我的未離群索居，沒有與時代脫節，看倌您說呢？

這歌曲很本土，　人生事業一來由天，二來由人，「照起工」安份守己，給出一種提示，也給出一種安穩，最後給的是一股振奮。它應可傳唱不朽，這或也是立德立功立言之外的一種不朽。

百德・多財

137×21 公分／ 2012

釋文：百德百福，多財多金。

款識：戊戌春正 方嚴書

點評：挖空鑲入的細條單行朱書隸書，與漢磚文古今相映，結體多扁方，「百」字則稍見圓曲，行筆多左重右輕。雖然只有一行，且行寬依紙寬，但是行中變化豐富，第一個「百」字上左下右，上密下疏，左厚方右細圓。第二個「百」除了一樣是左重右輕之外，形體完全不同。「德」之「彳」首筆化撇為靠左點，姿態特殊，「福」之「示」，豎畫右移，與右邊姿態向左傾的「畐」，緊密結合體結肢舒。兩個「多」字則皆作左重右輕，左疏右密。「財」亦作上左下右，左重右輕。「金」字第一二筆縮得極短偏左，頗見奇趣，橫畫及點的搭配，輕重、長短、向背亦見其妙。單一行等寬的隸書，卻能見動線挪移的變化，靜中隱含生動的動勢，值得細細品味。（李憲專博士）

點閱：福德乃是佛教用語，世人如果累積大量的福德就可以獲得大量的財利。老師以紅色紙及硃砂撰寫，有期望喜事降臨的味道，作品中二個「百」字寫法相異增加不少趣味性，多字的表現方式，向左方拉長形狀像是古時的錢幣，「福」及「德」字的表現，以隸味的燕尾方式表現出來，兩個字像是圖畫中一個家或房子的味道，有著一股為全家祈福祈德、金玉滿堂的感覺。（豪志）

作品只占整個篇幅的小小部分，然百德百福深居其中，多財多金藏其內，寫出了人生福慧雙修的不易。中間挖空的巧思設計，財不漏失且安全無虞，穩當地留住了好德好福。短短八個字姿態率真俏麗，用筆精熟，搶眼的白底紅字，頗有吸睛的效果。（芳妙）

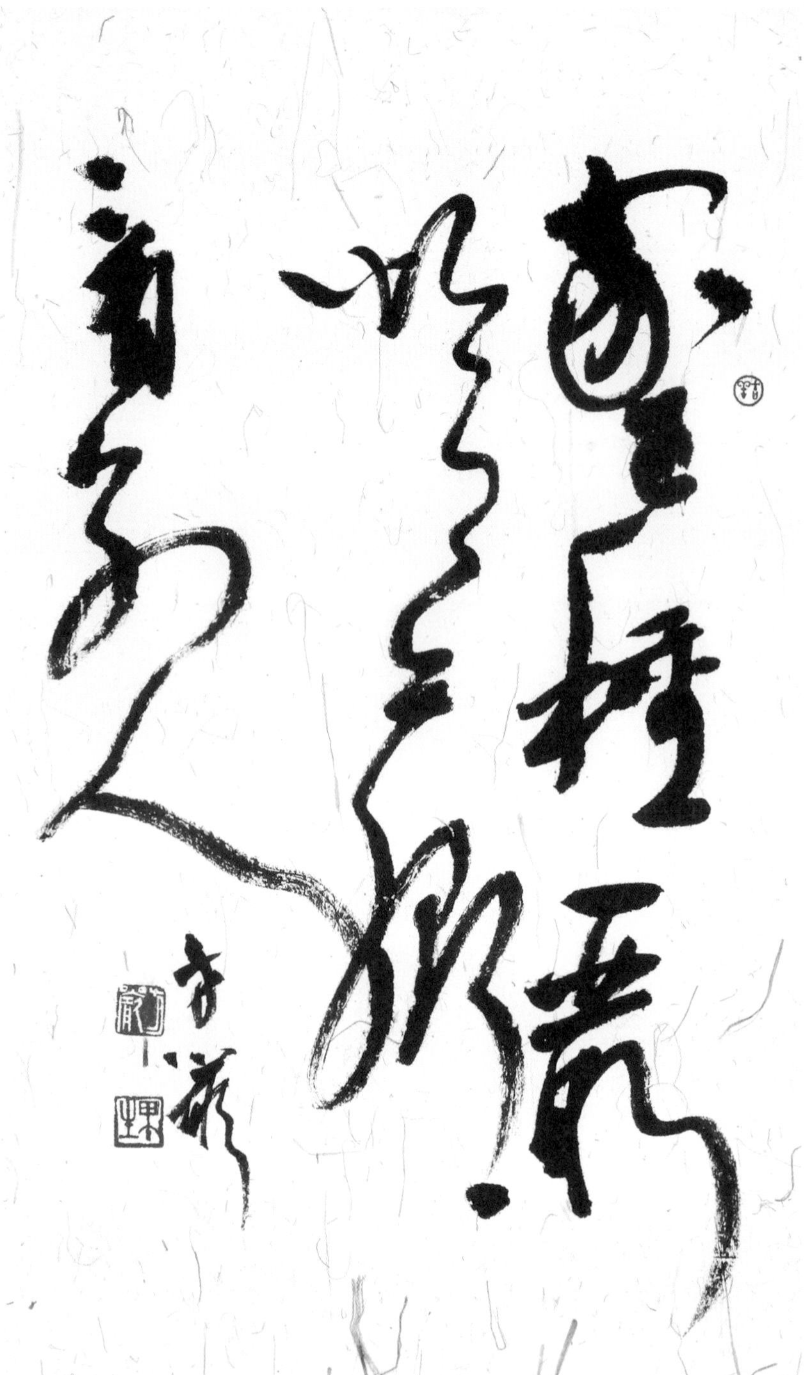

家己・恰贏

90×69 公分／2018

釋文：家己種一叢，恰贏看別人。

款識：方嚴

點評：此作頗有幾分狂態，筆鋒在縱放中跳動，並運用側筆義無反顧的刷掃，從局部架構到整體章法，無不是一種精巧、華麗的平衡感和對比度，更有著舒卷如行雲流水的順暢自然格調，虛實相生，致使行距不一，但有自然的和諧感，頗具高度。（張枝萬博士）

後記：又作『家己種一欉，卡贏看別人』，台灣經典俗語。意謂不必羨慕別人，自己當下功夫為是。同「臨淵羨魚，不如退而結網」、「百鳥在林，不如一鳥在手」；又喻人須有「兩把刷子」，因為「靠山山倒，靠人人跑，靠自己最好。」老祖宗的智慧真讚！（方嚴）

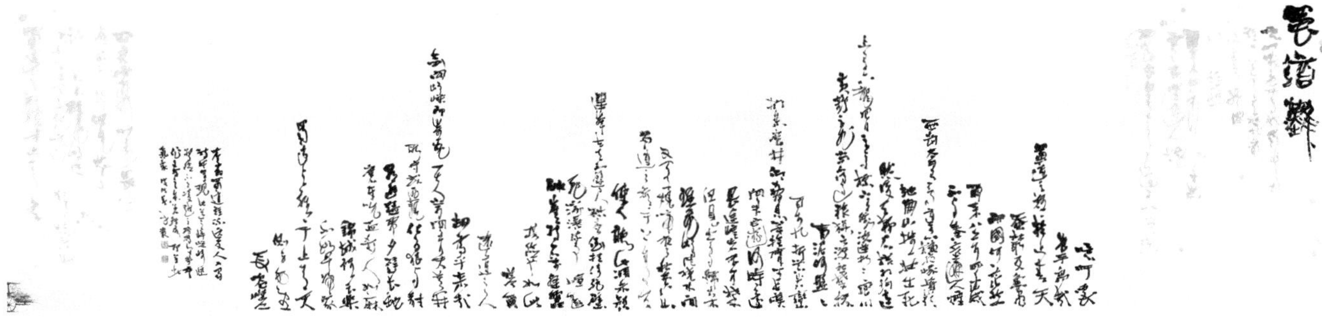

後記：小楷書〈蜀道難〉，想像李白友人駕馬車入蜀，情境有了，缺一部馬車，我不善畫，何況畫馬？遂翻閱古文象馬字，琢磨許久，終於組成馬、車，博諸君一粲。大通屏書作完就後發現有始無終，友人到底通過這「難於上青天」的蜀道否？當然過了，有馬車為證！為何只畫車後身，不畫全車？因為「頭過身就過」（台語），再博諸君一粲。（方嚴）

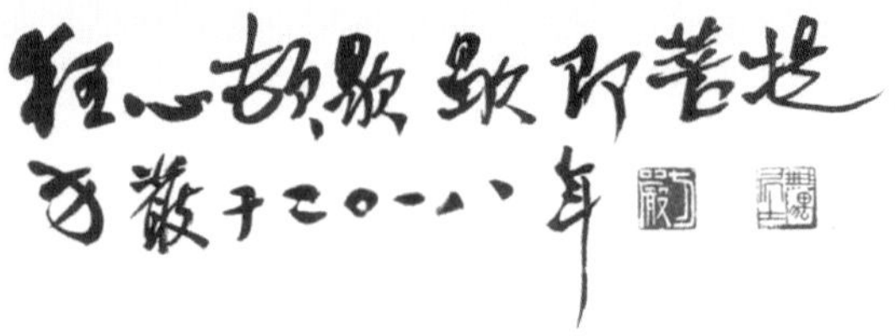

大歇・小歇

225×90 公分／2018
69×35 公分／2018

釋文：歇（二字）

款識：狂心頓歇 歇即菩提 方嚴于二〇一八年

後記：上賓使者說：「請您想辦法寫一個字，讓主客乍見之下即為吸睛，當下攝受，此字代表安穩、放下、圓滿。」「何字？」「歇！主人特喜歡！狂心頓歇，歇即菩提。」「多大？」「240x90 公分」；「楷字？」「太通俗了」；「隸字？」「沒甚麼特別」；「篆字嗎？」「太規矩了」；「草字？」「一般人看不懂」。「看倌！您說棘不棘手？」長達一週的思索、測試後，當想放棄時，乍現的靈光閃亮了初稿的影子，而後複稿，幾經波折、堅持後定稿了，這件作品前後費時一個月才完成，終於「歇」了。

二年前，寫了一首歌，歌名就是「歇即菩提」，詞有了：

（一）買下一整個夜陶醉 一趣一回色聲香味 占領一整個日追逐 一朝一暮名利有無

（二）買下一整個夜狂熱 一趣一回眼耳鼻舌 占領一整個日賭注 一朝一暮看得看失

（副）來來回回的色聲香味 生生世世的相隨 幾人不醉
朝朝暮暮的名利得失 生生世世的追逐 幾人不癡
且莫放浪形骸於回收的根，且莫坐馳尋覓於複製的塵
看無常是一場遊戲 八風也吹不起 這是狂心頓歇
狂心頓歇 狂心頓歇 歇即菩提

未成曲調呢！文是冥冥之中的「不可思議」。案：頓歇另作若歇。（方嚴）

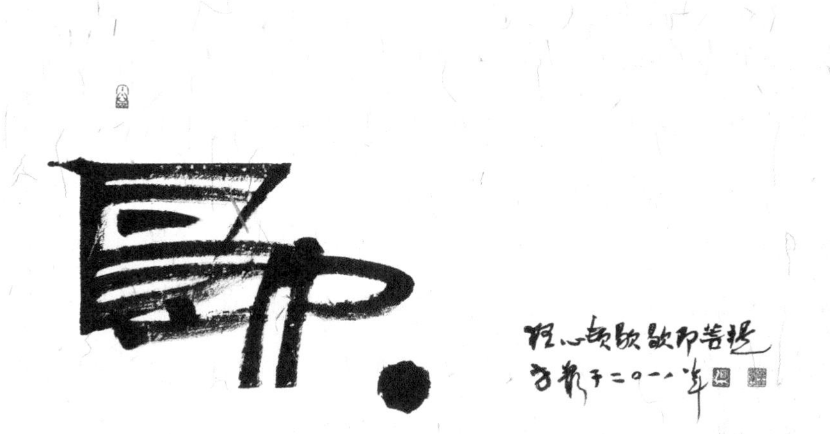

杜甫〈詠懷古蹟五首〉

400×27 公分／ 2016

長卷

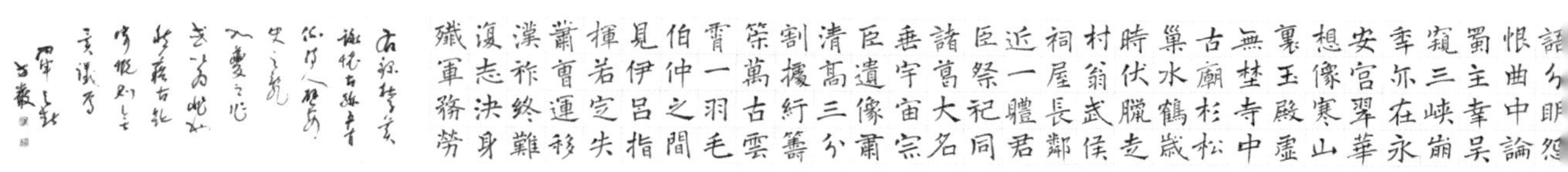

釋文：支離東北風塵際，漂泊西南天地間。三峽樓台淹日月，五溪衣服共雲山。羯胡事主終無賴，詞客哀時且未還。庾信平生最蕭瑟，暮年詩賦動江關。搖落深知宋玉悲，風流儒雅亦吾師。悵望千秋一灑淚，蕭條異代不同時。江山故宅空文藻，雲雨荒台豈夢思。最是楚宮俱泯滅，舟人指點到今疑。群山萬壑赴荊門，生長明妃尚有村。一去紫台連朔漠，獨留青塚向黃昏。畫圖省識春風面，環佩空歸月夜魂。千載琵琶作胡語，分明怨恨曲中論！蜀主窺吳幸三峽，崩年亦在永安宮。翠華想像空山里，玉殿虛無野寺中。古廟杉松巢水鶴，歲時伏臘走村翁。武侯祠堂常鄰近，一體君臣祭祀同。諸葛大名垂宇宙，宗臣遺像肅清高。三分割據紆籌策，萬古雲霄一羽毛。伯仲之間見伊呂，指揮若定失蕭曹。運移漢祚終難複，志決身殲軍務勞。

款識：右錄杜子美詠懷古蹟五首，係詩人避安史之亂入夔之作，或以為非也，然藉古蹟寄慨則無異議焉。丙申之春 方嚴

點閱：唐張懷瓘《書斷》對褚書評曰：「少則服膺虞監，長則祖述右軍。真書甚得其媚趣，若瑤臺青瑣，窅映春林，美人嬋娟，不任羅綺，增華綽約，歐虞謝之。」方老師於褚書用筆深得其變化要領，筆隨意轉、天真爛漫。他在學生時期更以臨寫「陰符經」榮獲全國大專書法比賽首獎，可見其楷書書藝早有佳評。今日褚書長卷杜甫詠懷古跡五首，與早昔所寫褚書又大異其趣，令人眼睛為之一亮，可謂氣象萬千，一點一畫莫不極盡變化之能事，且自格風貌甚強，此卷褚書字體除呈現質樸風貌外，亦向右下偏攲之姿，堪稱一絕。（友章）

後記：有人贈我幾件已裝裱成卷之原品，挑了兩件分別寫〈杜甫詠懷古蹟五首〉、〈蘇東坡詩〉，一為褚楷，一為行草，楷有界格，行則放縱。如此書寫有如面對生死大關，走得過，生；走不過，死，兩件均在不能說「回頭是岸」之情境下完成了。後又完成〈陸放翁詩卷〉，行草均有起首拘謹之感。宋蔣捷〈虞美人〉「少年聽雨歌樓上，紅燭昏羅帳；壯年聽雨客舟中，江闊雲低斷雁叫西風；而今聽雨僧廬下，鬢已星星也。悲歡離合總無情，一任階前點滴到天明。」境界不同，心情不同，感受自然不同，書家境界或恐亦如是乎？對於褚字，我如今是「聽雨僧廬下，鬢已星星也」矣。（方嚴）

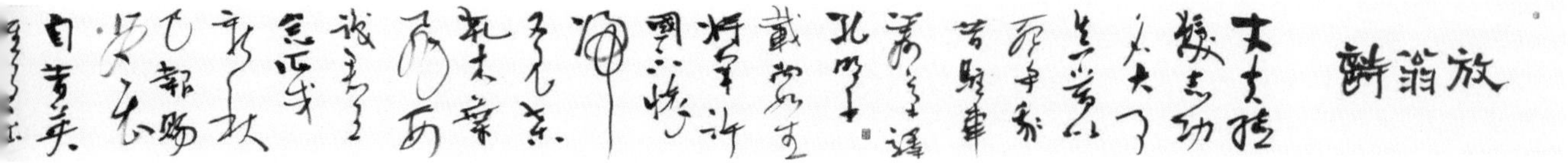

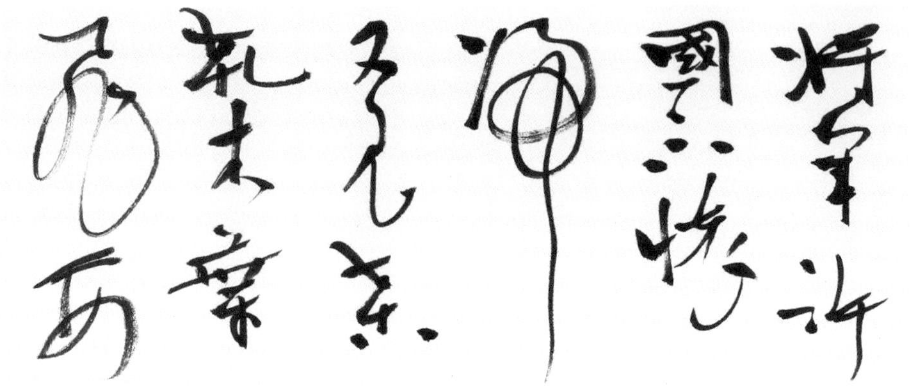

陸放翁詩五首

400×27 公分／ 2018

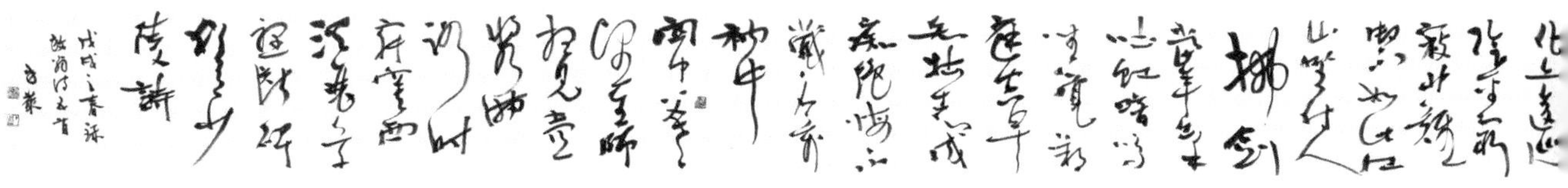

釋文：丈夫結髮志功名，大事真當以死爭，我昔駐車籌筆驛，孔明千載尚如生。
〈排悶〉
將軍許國不懷歸，又見桑乾木葉飛，要識君王念征戍，新秋已報賜冬衣。
〈塞上曲〉
自昔英雄有屈信，危機變化亦逡巡，陰平窮寇非難禦，如此江山坐付人。
〈劍門城北回望劍關諸峯青入雲漢感蜀亡事慨然有賦〉
拂劍當年氣吐虹，喑嗚坐覺朔庭空，早知壯士成癡絕，悔不藏名萬衲中。
〈觀華嚴閣僧齋〉
關中父老望王師，想見壺漿滿路時，寂寞西溪衰草裡，斷碑猶有少陵詩。
〈書事〉

款識：戊戌之春錄放翁詩五首 方嚴

點閱：昔有米芾於烏絲欄界格，裝裱成卷之絹上，一揮而就，今方師不遑多讓，揮筆於此早已成裱手卷上，一氣呵成。這件草書作品抄錄放翁五首詩，每行一至多字，筆畫清雅遒健，飄灑靈活，線條質感精純俐落，不作怪誕之體，由於著重造型空間之藝術性創作，於變化中見姿致。（仁德）

後記：在已裝裱成卷的絹上寫字，說不誠惶誠恐是騙人的，工夫再精熟的書家都會「出鎚」，於此不得不讚嘆已故王靜芝老師之書作，總是「恰到好處」。另，此卷逼顯放翁之「愛國情懷」。（方嚴）

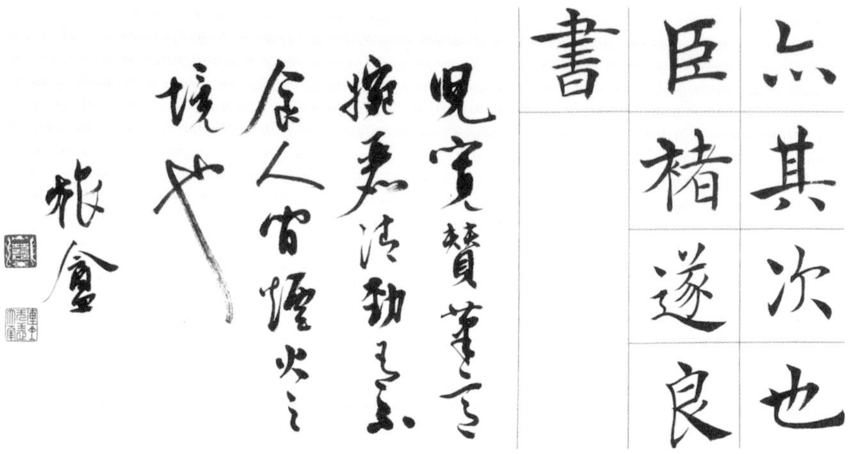

臨〈兒寬贊〉

540×35 公分／?

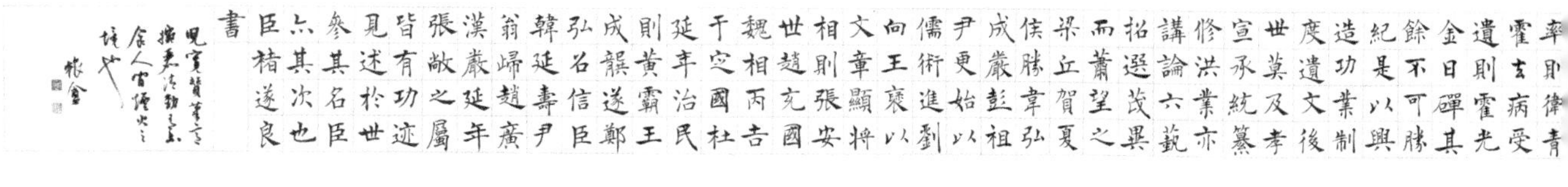

款識：兒寬贊筆意婉麗清勁，有不食人間煙火之境也。旅盦

後記：《兒寬贊》墨跡，長卷，計 50 行，340 字，歷代多認為是褚遂良晚年作品。近代學者則以其文中之避諱用字習慣，與唐代情況不類，且用筆亦與褚書有所出入，結構較似歐體，認為是宋人臨寫。卷後有跋記，趙孟堅稱「容夷婉暢，如得道之士，世塵不能一毫嬰之」最為稱當。大體而言，此書起筆輕捷，收筆沉著，筆勢翩翩、神爽超邁，有輕盈飄灑、靈活自然的感覺，亦頗得褚法三昧。

司馬遷說「公孫弘、卜式、兒寬皆以鴻漸之翼困於燕爵，遠跡羊豕之間，非遇其時，焉能致此位乎？」意：人有沖天之志，無運不能自通。兒寬，漢武帝時人，兒讀如「泥」。傳記寬為人溫良，「既治民，勸農業，緩刑罰，理獄訟，卑體下士，務在於得人心，擇用仁厚士，推情與下，不求名聲，吏民大信愛之。」是他得運之時的作風。

此作款識隱露米南宮筆意，書體稚弱，係當時正用功於「米」。記「？」，未知何年也，推測為一九八〇年左右，列入專輯以為誌。（方嚴）

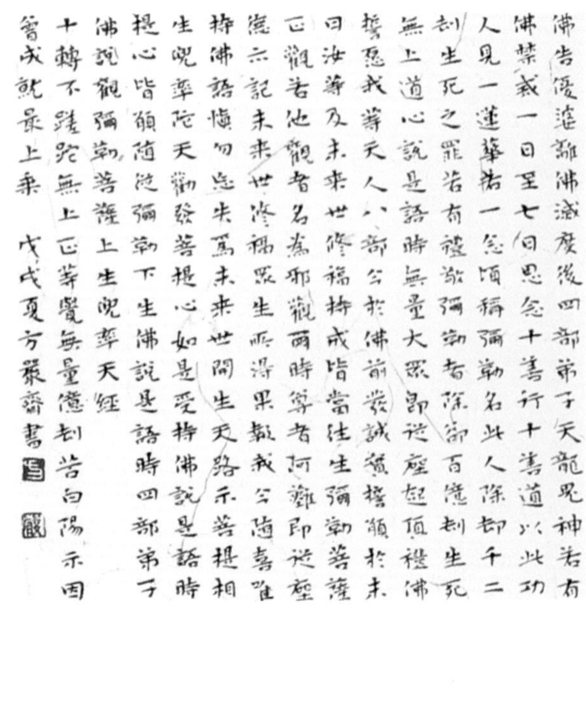

《佛說觀彌勒菩薩上生兜率陀天經》

137×57 公分／2018

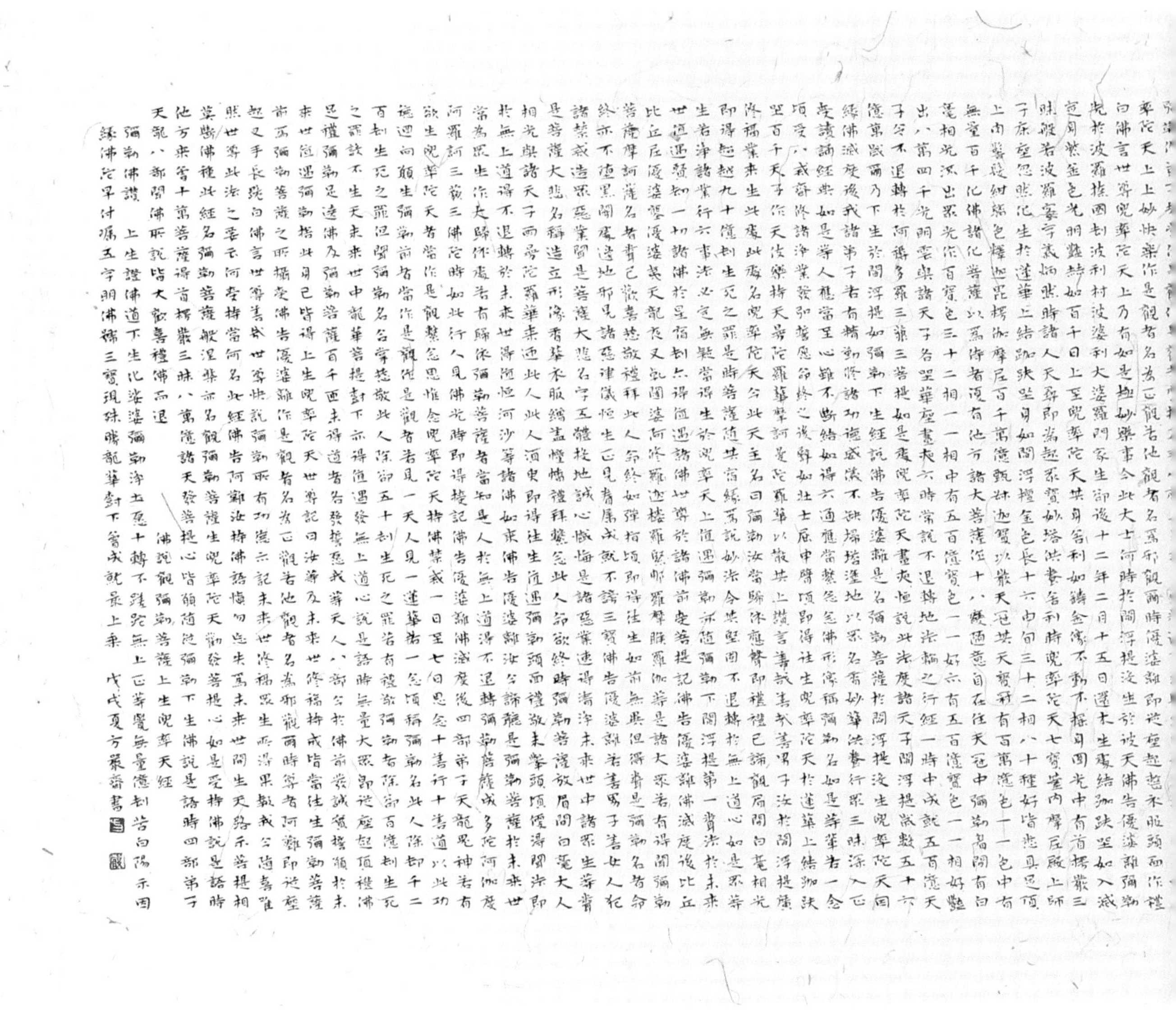

釋文：略

款識：戊戌夏方嚴齋書

點評：醫學證明寫經具有安定情緒、培養專注力、活絡腦神經、預防癡呆等功能，對身心都有益處。友人方嚴寫經除了作為修行，更是基於對宗教的熱誠與使命感，讓我想起近代律宗高僧弘一，諸漏漏盡，唯書不廢。弘一在《李息翁臨古法書・序》寫到：「夫耽樂書術，增長放逸，佛所深戒。然研習之者，能盡其美，以是書寫佛典流傳於世，令諸眾生歡喜受持，自利利他，同趣佛道，非無益矣。」彌勒淨土對國人的生命觀念影響極大。〈彌勒上生經〉中彌勒菩薩名阿逸多，具凡夫身，未斷諸漏，雖復出家，不修禪定，不斷煩惱；〈彌勒下生經〉中的淨土，地域遼闊，交通發達；經濟富足，環境優雅，無有污染；醫學發達，教育普及，人民健康善良。前者合乎人性，後者即此世界而為淨土，宗教信仰並非遙不可及的烏托邦。這幅（卷）三千多字的蠅頭細楷〈彌勒上生經〉，通篇一氣呵成，字字精謹，筆法洗鍊，不僅展現了作者長期的佛學與書學修為，更可貴的是看不到一般寫經生的書法習氣。（黃宗義教授）

點閱：魏晉小楷質樸、敦厚，注重意境的自然生成；元明諸家小楷創流美清新之風向。今觀老師這幅作品，字字勻稱端雅，用筆乾淨果斷，視覺上顯得神采奕奕，極度耐看，確有融會眾長，自成一家。錢泳曾說：「工書者不精小楷，不能稱書家。」老師的小字溫雅清秀，而意境生動，應是一絕。（仁德）

後記：近代印順法師說：「彌勒的淨土成佛，本為政治與宗教，世間正法與出世間正法的同時進行，為佛弟子所有的未來願望。」他依據的就是《佛說觀彌勒菩薩上生兜率陀天經》，簡稱《彌勒上生經》。彌勒淨土的修行，是釋迦牟尼佛為末法眾生示現一種易修易成的修行方式，經中特別介紹彌勒菩薩的修行方式：具凡夫身、未斷諸漏、雖復出家，不修禪定、不斷煩惱，而且釋迦牟尼佛為之授記肯定祂成佛無疑，並付囑於後五百歲（二千五百年）之後護持佛法僧寶，開設方便法門以適合各種根器的眾生修持。這部經至今未見於各展場，也是我寫經的另一里程。（方嚴）

天地有正氣雜然賦流形下則
為河嶽上則為日星於人曰浩
然沛乎塞蒼冥皇路當清夷含
和吐明庭時窮節乃見一一垂
丹青在齊太史簡在晉董狐筆
在秦張良椎在漢蘇武節為嚴
將軍頭為嵇侍中血為張睢陽
齒為顏常山舌或為遼東帽清
操厲冰雪或為出師表鬼神泣
壯烈或為渡江楫慷慨吞胡羯
或為擊賊笏逆豎頭破裂是氣
所磅礴凜烈萬古存當其貫日
月生死安足論地維賴以立天
柱賴以尊三綱實繫命道義為

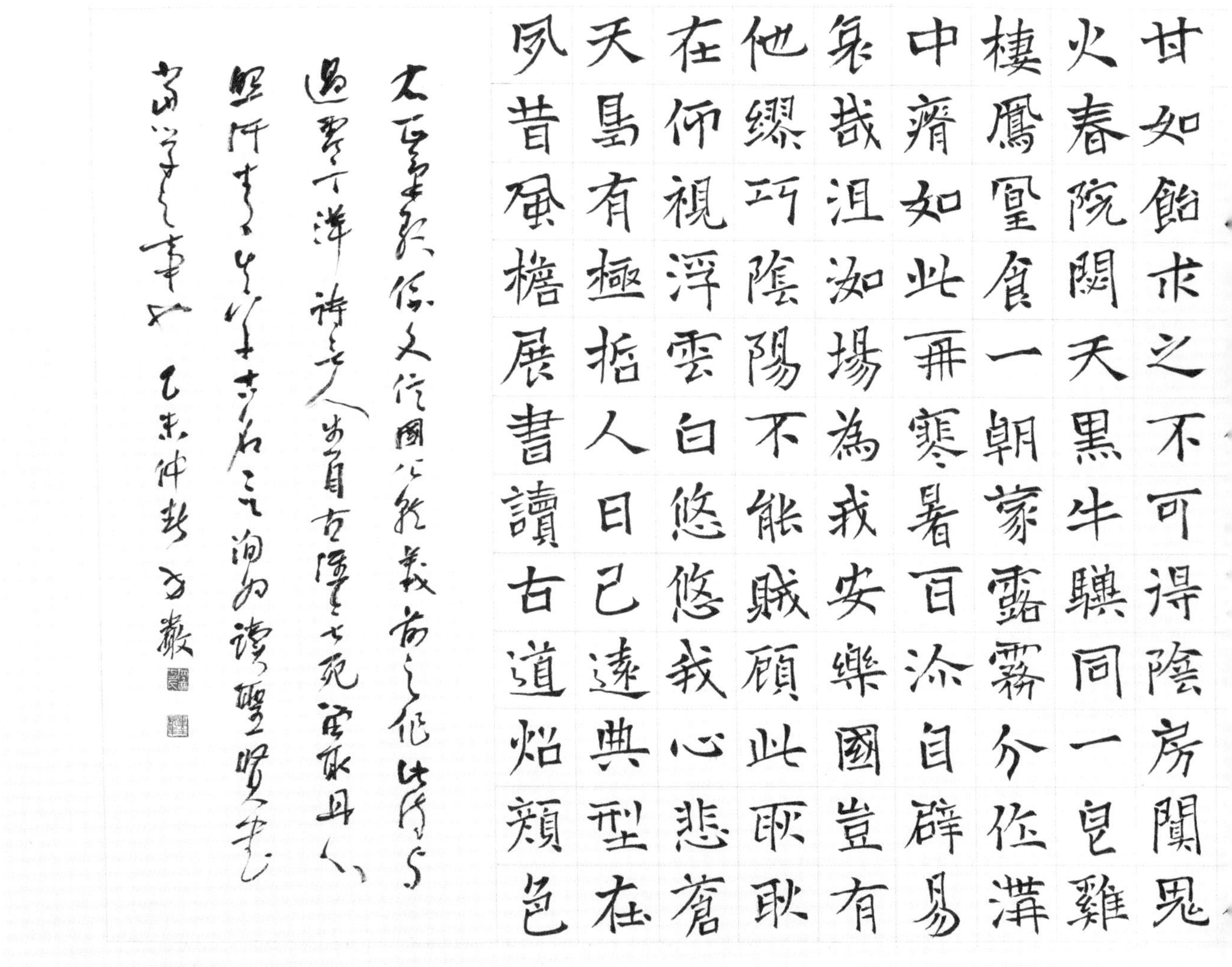

文天祥〈正氣歌〉

240×90 公分／2015

釋文：略

款識：右正氣哥係文信國公就義前之作，此詩與過零丁洋詩言人生自古誰無死留取丹心照汗青，真千古名言，洵為讀聖賢書當學之事也 乙未仲春方嚴。

點評：連全學棣鍾情褚法，且能掌握熟練之技法，呈現卓越之水平，既如前述。然而不斷創新，尋求突破，一直是他所追求的標的。因此，他除了持續在歷代碑帖中汲取不同的養分，並運用其生命智慧，以與自然之道相通貫，以提撕其境界，蓋有其足多者！此作乃在既有褚法之基礎上，以其剛健之筆力，呈現樸實古澹之風格，趨近於北魏墓誌，然於方整勁挺之中，另有欹側之態，亦頗耐人尋味，異於往昔婉美華滋之容顏，凝潤婀娜之風致，書家轉益多師，不拘一體，自能時出新意。（陳維德教授）

書法藝術作品是書家氣質、品格、學養與胸襟智慧的綜合情操表現。法理千古不易，特色人皆有之。方嚴兄書名早發，清駿之年，即崢嶸於書壇，並擁中山文藝獎頭銜，年屆耳順，猶篤學不倦，勤研書學於明道大學國學博士班。

連全兄之書法造詣以尊道為本，廣涉諸法，兼擅各體，並得法中精微，化為妙趣，融彙百家，蘊為新意。於法理基石上，卓然脫俗蛻變，臻達高雅風采化境，此乃神形兼備的藝術層次追求，更是「外師造化，中得心源」的真善美藝術情操表現。

此正氣歌即是吾兄魏楷書法之力作，字體略呈欹側，另有一種姿媚之美。（陳志聲博士）

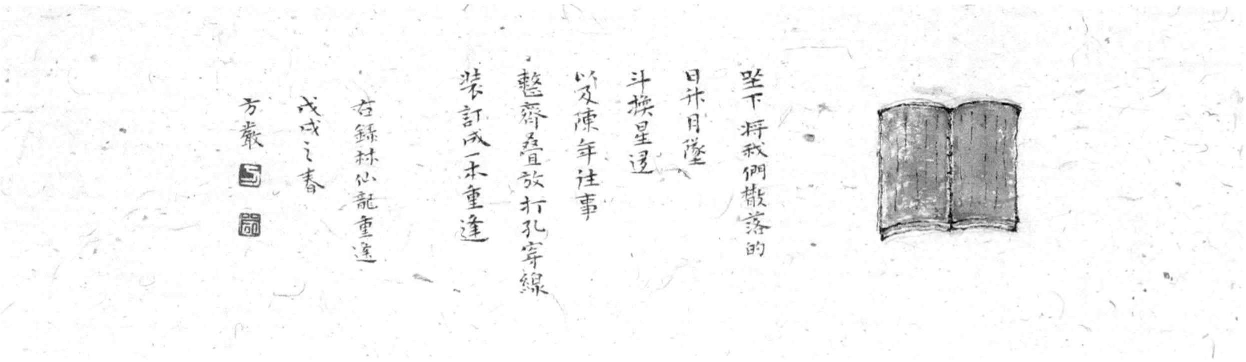

林仙龍〈重逢〉

69×17公分／2018

釋文：坐下 將我們散落的日升月墜 斗煥星移 以及陳年往事 整齊疊放打孔穿線 裝訂成一本重逢

款識：右錄林仙龍重逢 戊戌之春 方嚴

點評：裝訂記憶一作是多麼優雅的小品，不得不讓人感受到那歲月隨著日升月落而悄然消逝，沒有一刻可以停留。年歲增長了，歲月卻消失了，一長一消之間，多少詩人墨客黯然神傷，思索著生命是什麼？浪漫的王右軍更覺得向之所欣，俯仰之間，已然陳迹，真是古今同歎，莫可奈何！然而這件細緻的書寫與簡約的小畫，卻令人悅目欣喜，超越了離愁，擱置了時間的無奈，在想像世界中與記憶重逢……方嚴先生的閱讀與抄錄，引領讀者品味了書寫藝術的魔幻時空。（黃智陽教授）

點閱：坐下是老友重逢的喜悅。日升月落星移，這些意象所指涉的無非是光陰的流逝及情感的牽繫。作者巧妙的把它們收聚打孔穿線，裝訂成冊，把不可能變成可能，就有了新意。當一頁一頁的翻閱，昨日重現。如果「重逢」是一間舊茅舍，老師的書寫排列是不規則籬笆，錯落中見斑駁。詩以奇趣為宗，書法也然，在用墨用紙上表現老友重聚互見對方的「塵滿面，鬢如霜」，一絲不苟的小字說出了年少的堅持。（同慶）

以輕盈跳動的楷書筆觸來書寫「重逢 這首新詩，開頭以彩繪出一本書在詩的前方，加上輕盈的楷書意味著年輕跳動的音符，表現出一群好友年少輕狂時，繽紛彩色的回憶。引入詩句中「坐下」開始，表現出這群年輕人成年後重逢聚會，在閒聊引杯交錯間如同穿線打孔串起了，年輕時每一頁的回憶，日日夜夜，一頁頁的來回品味，就像一群耄耋老人開國小同學會般，將自己帶入了一頁頁的回憶裡。此作與「憶事懷人，引杯看劍 有幾分唱和之處。（豪志）

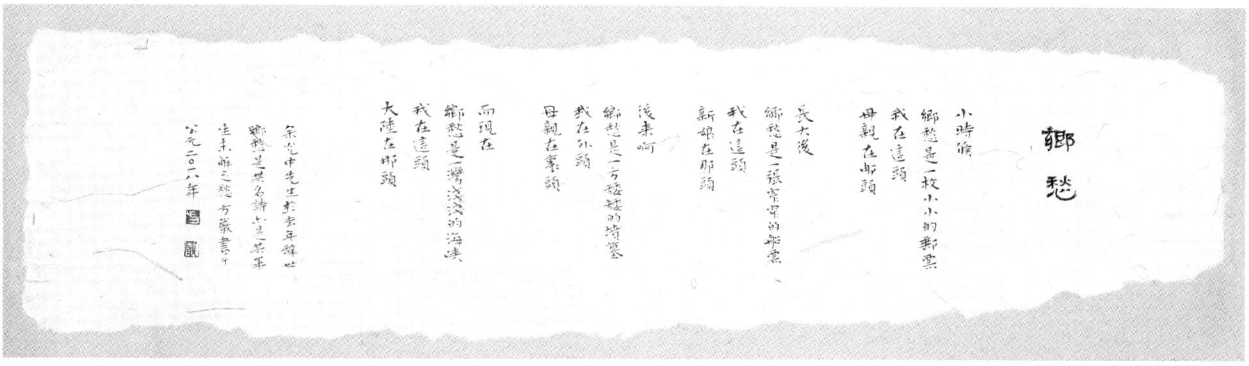

余光中〈鄉愁〉

69×17 公分／2018

釋文：小時候鄉愁是一枚小小的郵票
我在這頭母親在那頭
長大後鄉愁是一張窄窄的船票
我在這頭新娘在那頭
後來啊鄉愁是一方矮矮的墳墓
我在外頭母親在裡頭
而現在鄉愁是一灣淺淺的海峽
我在這頭大陸在那頭

款識：余光中先生於去年辭世 鄉愁是其名詩 亦是其畢生未解之愁 方嚴書於公元二〇一八年二月

點評：余光中〈鄉愁〉一作，寫盡其對故鄉種種之眷戀，是作文句淺白，情意雋永，實為現代詩之絕唱也。方嚴教授是作遠襲魏晉小楷韻致，近襲黃道周拙古逸趣，通篇情意深長而雋永可人，可謂道盡情義之綿渺也。（柯耀程教授）

點閱：方老師以小楷書寫余光中先生的名詩〈鄉愁〉，字形在參差中求平整，錯落中求勻稱，和詩句意境相得益彰。鄉愁在不同的時代，有不一樣的感受和面向，唐朝文成公主下嫁西藏時，回不去的地方是故鄉；在余詩中以郵票、船票、墳墓和海峽象徵了回不去的故鄉。現在拜科技所賜，距離不再是問題，故鄉含義已漸模糊。雖然天下已沒有遠方，但每個人內心深處都有一個故鄉，那就是那裡有愛，那裡就是故鄉和天堂。（士澎）

後記：戰爭與動亂困陷時代的人，「支離東北、漂泊西南」取代了安身立命的嚮往。生不逢辰、無可奈何地被故鄉割捨，歸不得的那塊土地，一生的「夢土」，只能在尋尋覓覓的過程中一再疊唱，一切的稱譏毀譽利衰榮苦，隨風而逝，愁的是人，不愁的是魂罷？（方嚴）

〈繩鋸•水滴〉對聯

137×35×2 公分／2022

釋文：繩鋸木斷　水滴石穿

款識：《漢書．枚乘傳》載云：泰山之霤穿石，單極之綆斷乾（幹）。水非石之鑽，索非木之鋸，漸靡使之然也 。《三國志》裴松之引劉先主誡後主「勿以惡小而為之，勿以善小而不為」為患（不）漸也。無隅方嚴書之。

後記：「水非石之鑽，索非木之鋸，漸靡使之然也。」漸是關鍵字，《荀子．勸學》「積土成山，風雨興焉；積水成淵，蛟龍生焉」關鍵字也是漸。

我的大字書作屈指可數，這聯書畢當下題款鈐印，懸掛觀看總覺意有不盡，於是補《漢書．枚乘傳》以下之詞，充實許多。水暈木削亦是後加效果，或有誣紙之嫌乎？

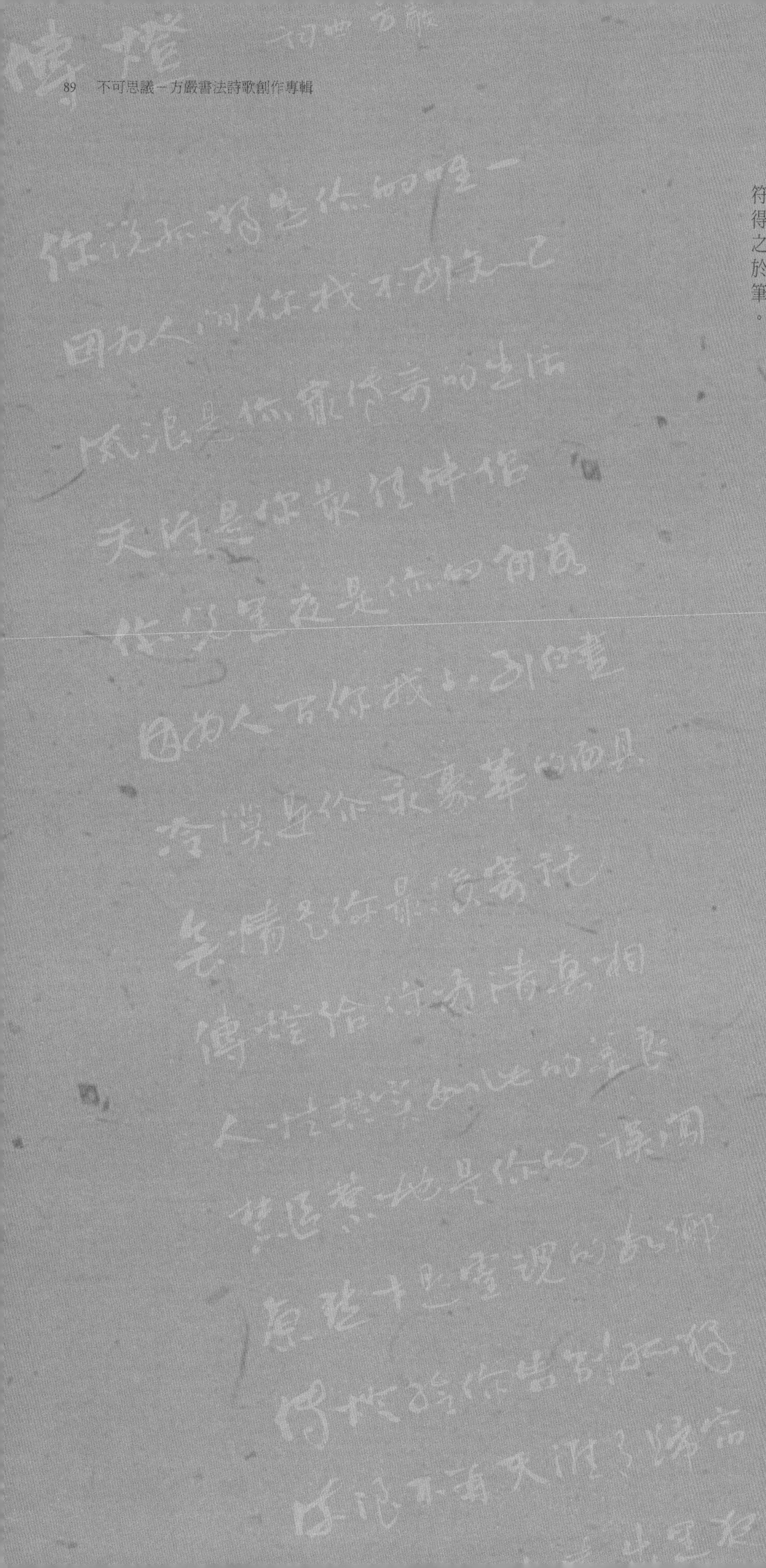

說來不可思議，我是音癡，看不懂簡譜，遑論五線譜，竟譜出不少詩歌，想必靈感來自於天，音符得之於筆。

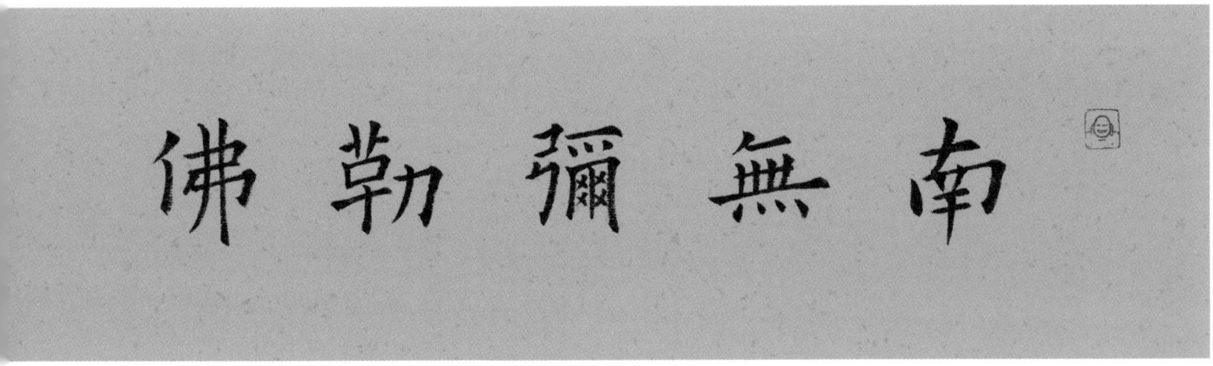

南無彌勒佛

82×14 公分／ 2012

款識：佛告優波離　汝今諦聽　是彌勒菩薩　於未來世　當為眾生作大歸依處　若有歸依彌勒菩薩者　當知是人於無上道得不退轉　淨元方嚴

後記：《佛說觀彌勒菩薩上生兜率陀天經》載「若一念頃稱彌勒名，此人除卻千二百劫生死之罪」，意謂稱念一句「南無彌勒佛」可以消一千二百劫生死之罪，請常唸。

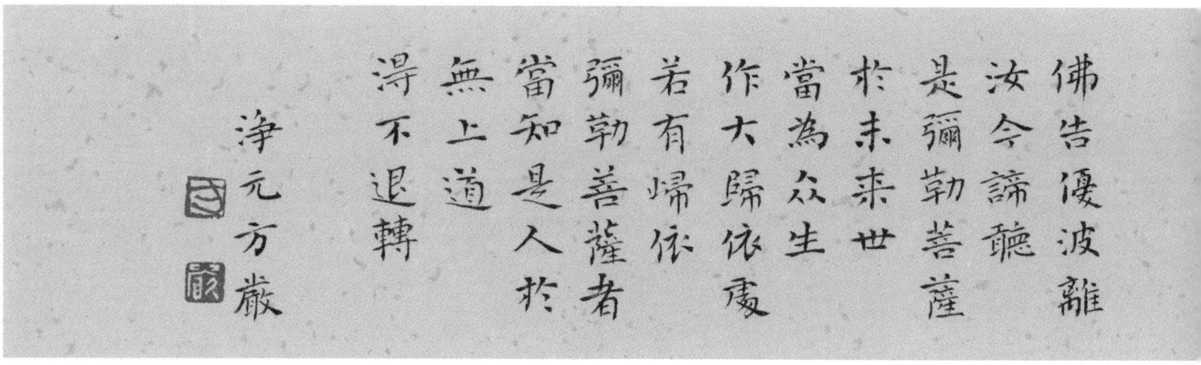

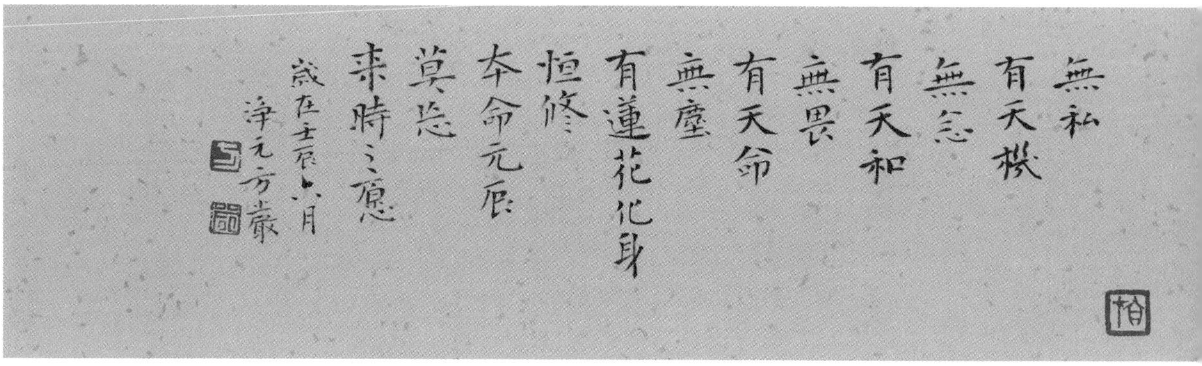

南無濟公活佛

82×14 公分／2012

款識：無私有天機　無念有天和　無畏有天命　無塵有蓮花化身　恆修本命元辰　莫忘來時之愿　歲在壬辰六月　淨元方嚴

後記：世人稱名之濟公活佛，又稱道濟、濟顛，《卍字續道藏》有「濟顛道濟禪師語錄」，可見不假，一般以為示現於宋代。佛門流傳的《濟顛禪師大傳》，序中載其生於宋光宗三年十二月初八日，生時紅光滿室，瑞氣盈庭，異香遍地。年十七剃度於靈隱寺，後證真如果。書載有濟顛顯「遊戲三昧」救渡眾生軼事，時人以為真羅漢應化人間。近世或有人誣其為佛門異類，遂不敬焉。序中言濟顛是「佯為顛行，飲酒食肉，視為日用常行事；淫坊酒肆，亦不避譏彈非議，皆在樂為。」「切不可以現象世間，翳於自心。」

是書又載〈濟顛禪師神化偈〉言「非俗又非僧，非凡亦非僊，打開生死門，透出乾坤圈。」莫非預言祂當來臨凡渡世之道乎？濟公活佛現為一貫道弟子之師尊，《南無濟公活佛》唱誦出版後出現不少「不可思議」之事。我另有寫成一首「水連天碧」詩歌，依其圓寂之偈「六十年來狼籍，東壁打到西壁，於今收拾歸去，依舊水連天碧。」取名。

濟公活佛過去早已成佛，佛號「太陽明明珠光佛」，又號「光明磊落佛」。（方嚴）

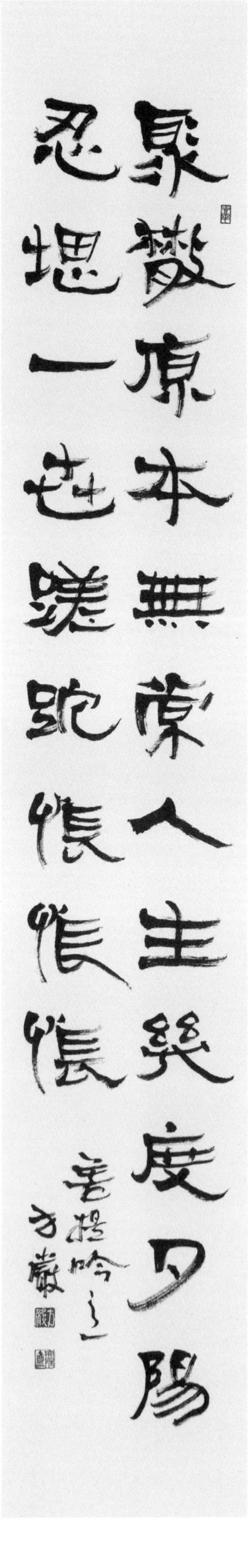
聚散原本無常人生幾度夕陽
忍堪一世蹉跎悵悵悵
菩提吟之一
方巖

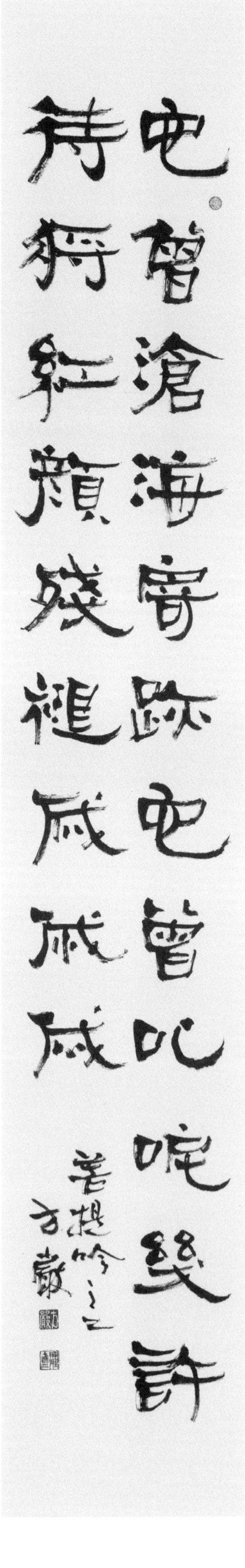
也曾滄海寄跡也曾叱吒幾許
待將紅顏殘褪戚戚戚
菩提吟之二
方巖

風雨陰晴不定來來去去停停
驀然回首一瞥驚驚驚
菩提吟之三
方巖

菩提吟

205×35 公分／ 2012

釋文：聚散原本無常，人生幾度夕陽，忍堪一世蹉跎，悵悵悵。也曾滄海寄跡，也曾叱吒幾許，待將紅顏殘褪，戚戚戚。風雨陰晴不定，來來去去停停，驀然回首一瞥，驚驚驚。且莫忘了春暮，且莫忘了歸路，音書字字叮嚀，知知知。

後記：此首詩歌寫生命之起承轉合，創作之動機來自於某一次教學中雷雨交作，狂風肆掃，當時得第三節，一、二、四節補後，此曲簡譜完成後，南下「諦聽文化事業」，意外的製作總監奕脘當下答允發行CD，親自吟唱，他如今已抛家業薙度，一心禮佛弘法，據云，他上台弘法講座，必吟唱此曲，安穩人心。（方嚴）

蓮花淨土

19×68 公分／ 2013

歌詞：蓮風字字清，蓮想句句明。蓮身不著水，蓮步菩提行。
蓮事生生事，蓮香柔柔住。蓮心大自在，蓮花是淨土。

後記：諸佛淨土，必有蓮花。一莖一花、一花多果、花果同時，
故諸佛菩薩歡喜蓮花隨行。（方嚴）

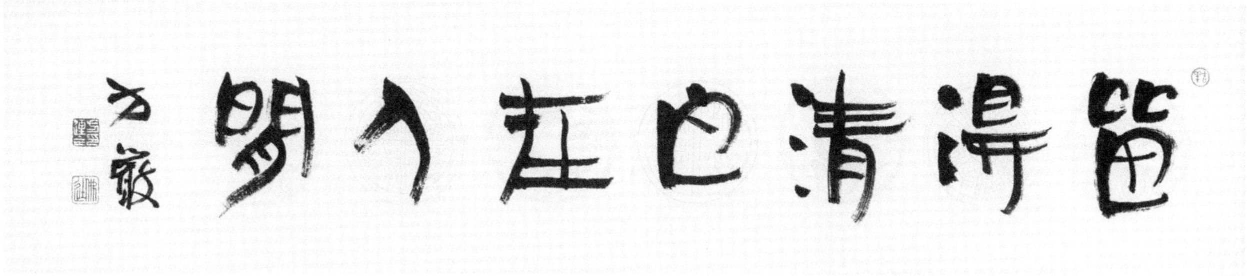

留得清白在人間

23×105 公分／ 2013

歌詞：一方池水一心蓮，半已開敷半似眠，不蔓不枝亭亭立，出泥不染淨塵緣；
蝶亂蜂喧由它去，何等自在何等閒，輕輕淡淡不繁華，留得清白在人間。
一泓清水一線天，山谷平地自蜿蜒，逝者如斯日繼夜，往者已矣要向前；
魚樂其中無須辯，天光雲影頻自憐，澄澄淨淨不汙濁，留得清白在人間。

後記：得意於于謙〈石灰吟〉。（方嚴）

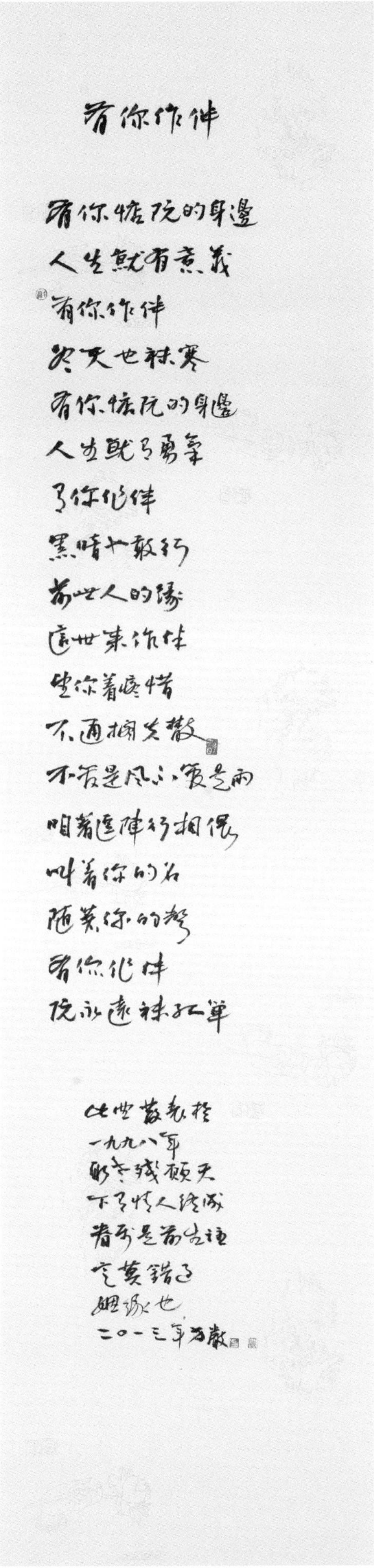

有你作伴

137×35 公分／ 2013

釋文：有你作伴

有你恬阮的身邊 人生就有意義 有你作伴 冬天也袜寒
有你恬阮的身邊 人生就有勇氣 有你作伴 黑暗也敢行
前世人的緣 這世來作伴 望你著痛惜 不通擱失散
不管是風不管是雨 咱著逗陣行相偎 叫著你的名 隨著你的聲
有你作伴 阮永遠袜孤單

款識：此曲發表於一九九八年取老殘願天下有情人終成眷屬是前生注定
莫錯過姻緣也 二〇一三年 方嚴

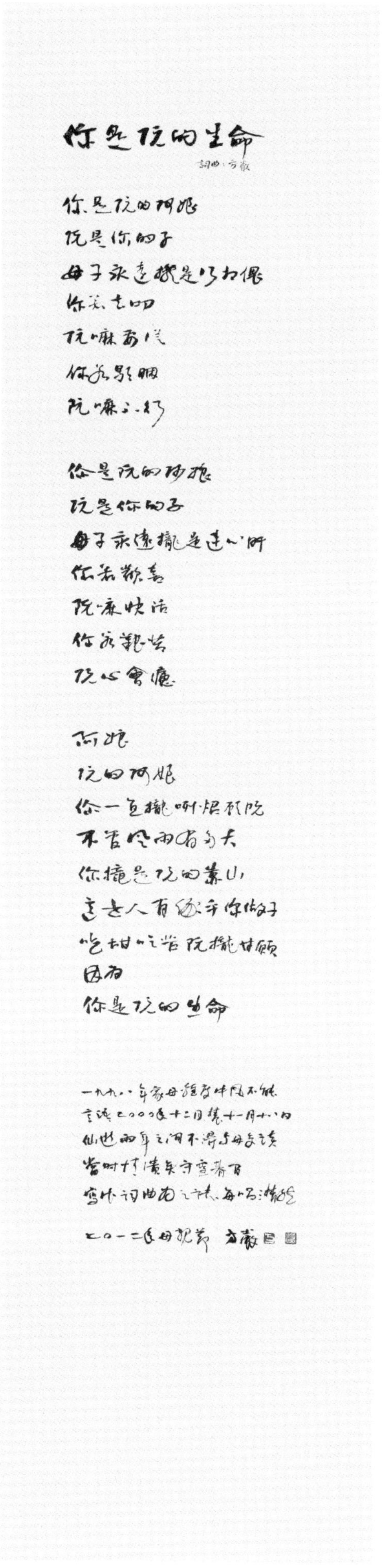

妳是阮的生命

137×35 公分／2013

釋文：（一）
妳是阮的阿娘
阮是你的子
母子永遠攏是行相偎
你若去叨
阮嘛要隨
你若歇睏阮嘛不行

（二）
妳是阮的阿娘
阮是你的子
母子永遠攏是連心肝
妳若歡喜
阮嘛快活
妳若艱苦阮心會痛

※阿娘
阮的阿娘
妳一直攏咧照顧阮
不管風雨有多大
妳攏是阮的靠山
這世人有緣乎妳做子
吃甜吃苦阮攏甘願
因為妳是阮的生命

款識：一九九八年家母輕度中風不能言語，二〇〇〇年十二月農十一月十八日仙逝，兩年之間不得與母親交談，當時情潰矣，守靈其間寫作詞曲為之誌，每唱潸然。二〇一二母親節方嚴

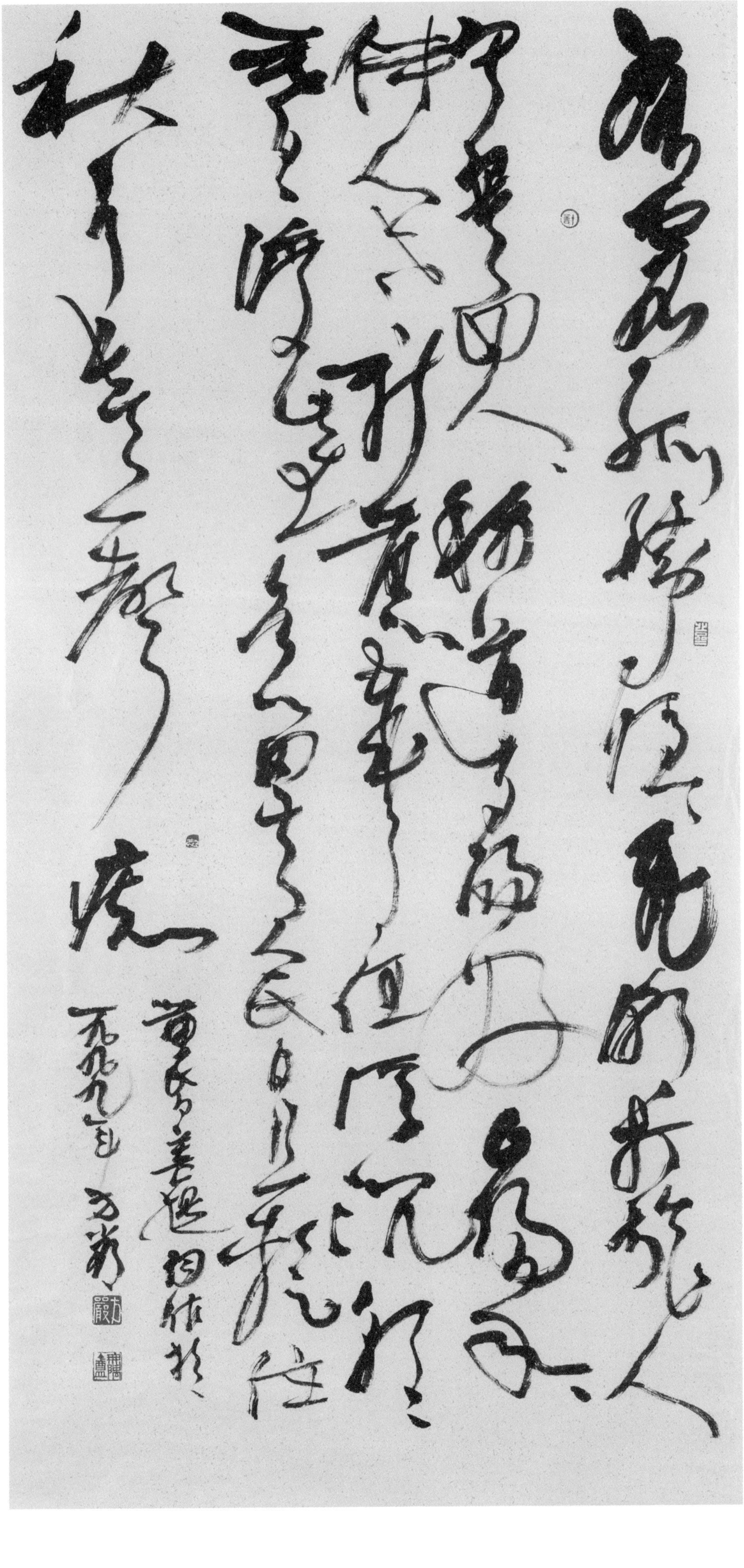

黃昏菩提

137×35 公分／2012

釋文：（一）

落霞孤鷺隱隱飛，潮打旅人寂寞回，人人稱道夕陽好，夕陽年年伴人老，新舊歲月任浮沉，朝朝暮暮渡此生，欲留黃昏且暫住，秋水長天一聲癡。

（二）

煙水蒼茫歸舟少，老樹棲鴉正殘照，落花流水兩無情，天荒地老自古今；春色塵土如夢事，西風凋零寸心知，才過冬至又清明，人生看得幾黃昏。

（另書）

點評：論書所謂「神采為上，形質次之」，說明神采高於「形質」，形質是神采賴以存在的依體，而草書的神采實質是點畫線條及其空間組合的總體和諧。追求神采，抒寫性靈是書法追求的最高境界。本幅草書全開作品，章法布局獨特，構成了點畫線條對空間的切割變化，中間 2、3、4 行猶如作戰之中軍主力集團，首行與第 5 行為側翼，營造出千軍萬馬的雄渾氣勢。點畫線條交叉組合，字體大小相間、欹正相生、虛實對比，錯綜跌宕，血脈暢通極富節奏感，俱顯出書者精神、格調、氣質、情趣和意味。神采賴於創作技巧的精熟，創作心態恬淡自如，心手雙暢，物我兩忘，寫出真情至性，融進自己的知識修養和審美趣味。（郭芳忠教授）

後記：唐詩五絕有「平平仄仄平（221）、仄仄平平仄（221）、平平平仄仄（32）、仄仄仄平平（32）」的四種基本句式，此書作用（131）呈現，假借之跳脫之。（方嚴）

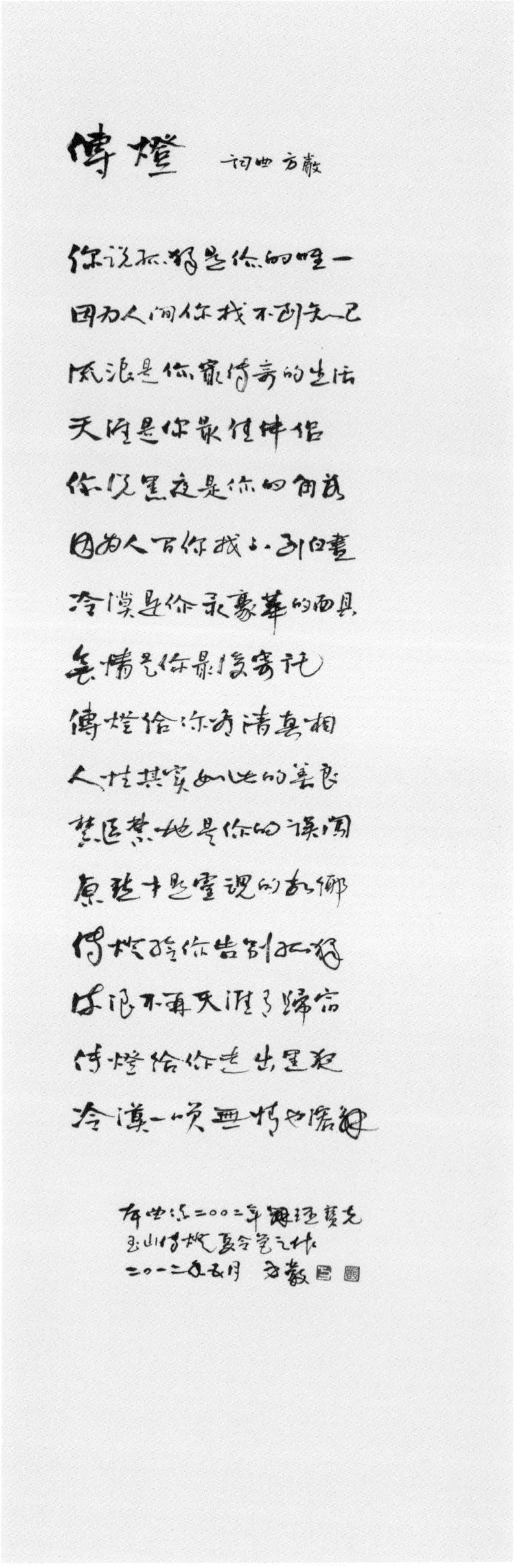

傳燈

137×35 公分／2012

釋文：（一）你說孤獨是你的唯一 因為人間你找不到知己 流浪是你最傳奇的生活 天涯是你最佳伴侶
（二）你說黑夜是你的角落 因為人間你找不到白晝 冷漠是你最豪華的面具 無情是你最後寄託
（三）傳燈給你 看清真相 人性其實如此的善良 禁區禁地是你的誤闖 原點才是靈魂的故鄉
（四）傳燈給你 告別孤獨 流浪不再天涯有歸宿 傳燈給你 走出黑夜 冷漠一笑無情也溶解

款識：本曲係二〇〇二年寶山玉山傳燈夏令營之作品。二〇一二年五月 方嚴

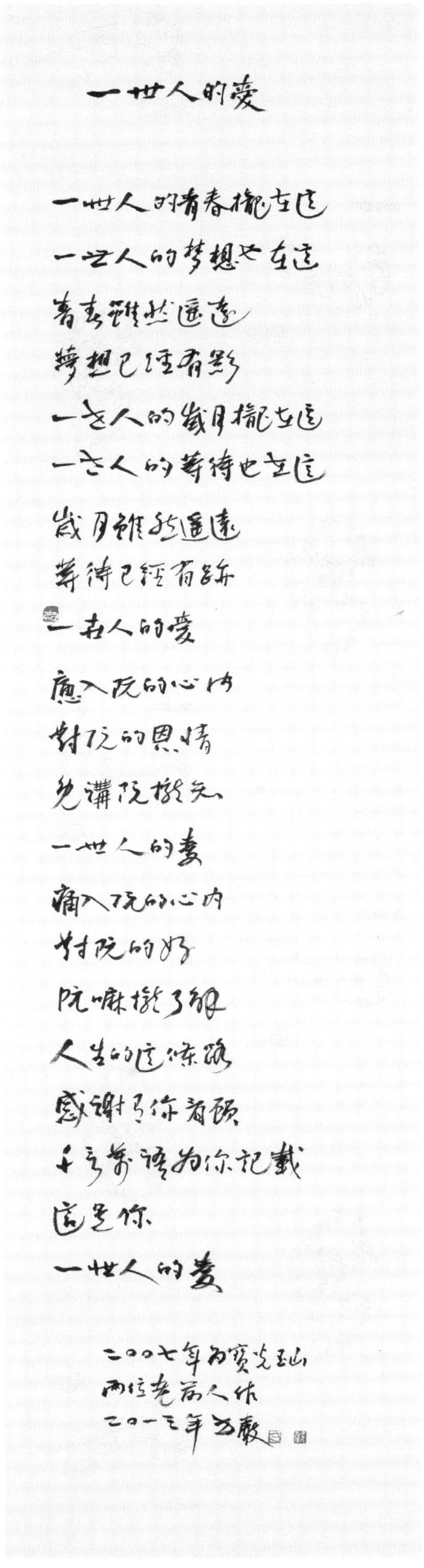

一世人的愛

137×35 公分／2013

釋文：一世人的青春攏在這　一世人的夢想也在這　青春雖然遙遠　夢想已經有影
一世人的歲月攏在這　一世人的等待也在這　歲月雖然遙遠　等待已經有跡
一世人的愛　痛入阮的心內　對阮的恩情　免講阮攏知
一世人的愛　痛入阮的心內　對阮的好　阮嘛攏了解
人生的這條路　感謝有你看顧　千言萬語為你記載
這是你一世人的愛

款識：二〇〇七年為寶光玉山兩位老前人作　二〇一三年　方嚴

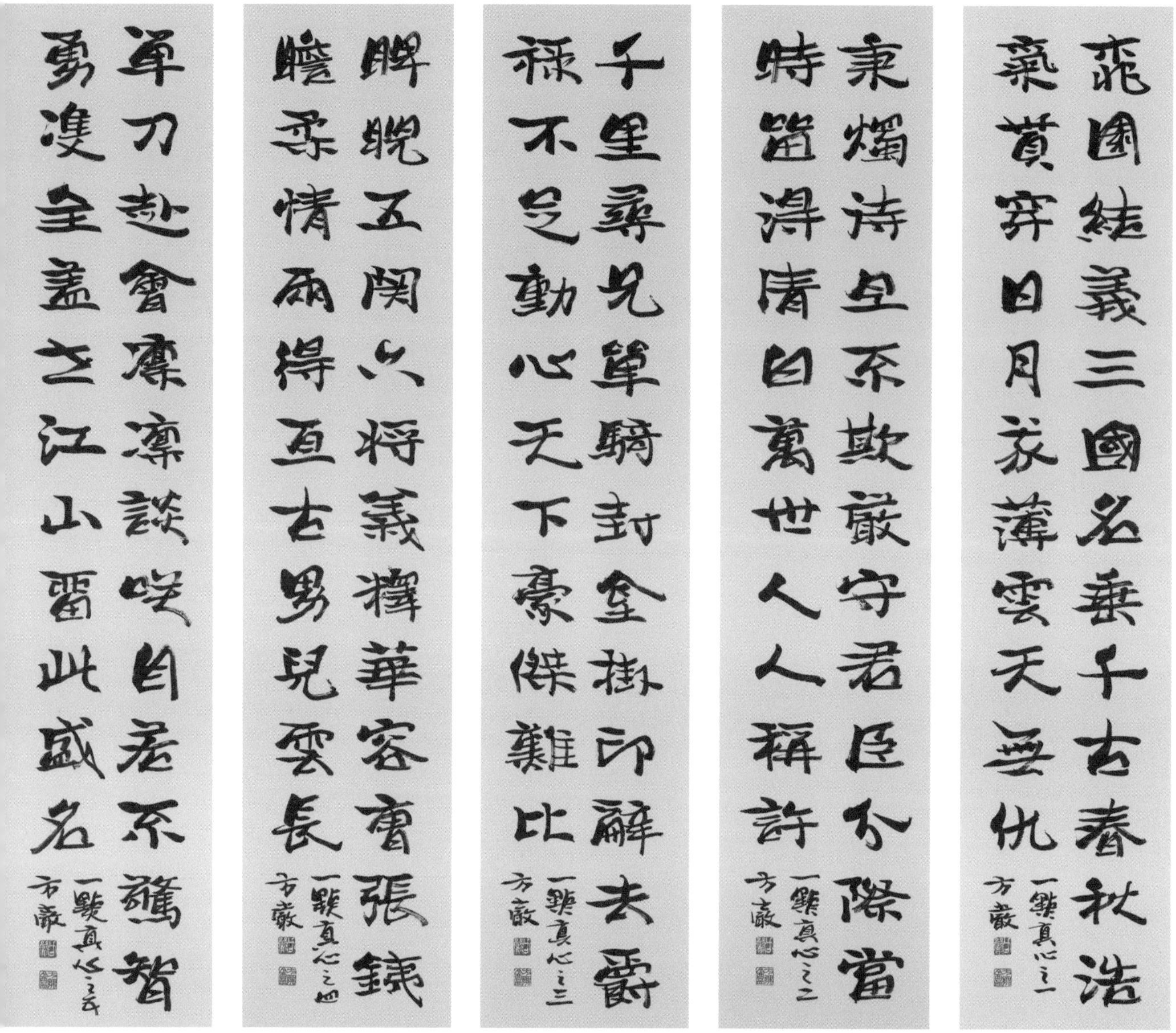

一點真心

180×45 公分 ×10 ／ 1993

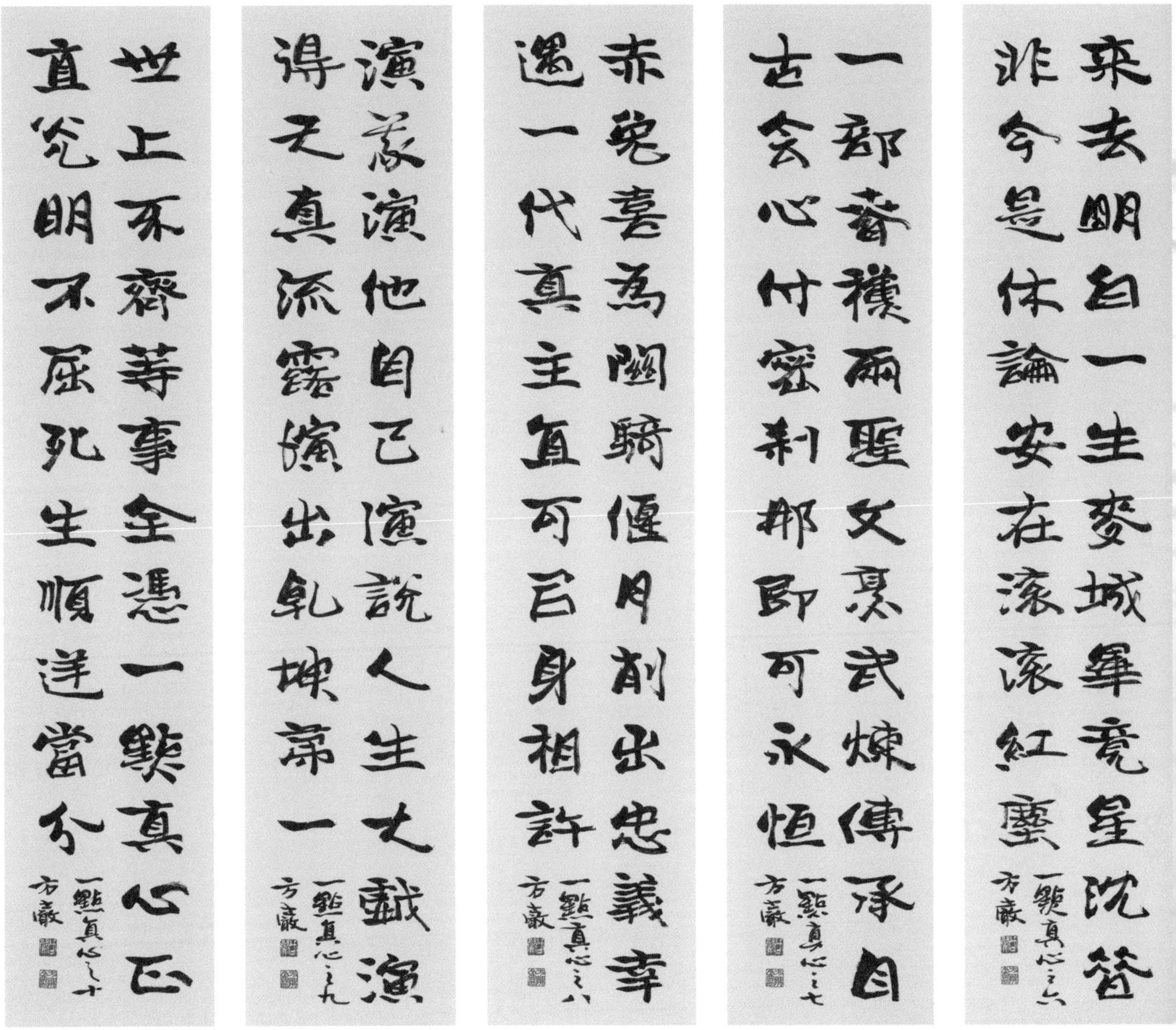

釋文：

一、桃園結義三國　名垂千古春秋
浩氣貫穿日月　義薄雲天無仇

二、秉燭待旦不欺　嚴守君臣分際
當時留得清白　萬世人人稱許

三、千里尋兄單騎　封金掛印辭去
爵祿不足動心　天下豪傑難比

四、睥睨五關六將　義釋華容曹張
鐵膽柔情兩得　亙古男兒雲長

五、單刀赴會凜凜　談笑自若不驚
智勇雙全蓋世　江山留此盛名

六、來去明白一生　麥城畢竟星沈
昔非今是休論　安在滾滾紅塵

七、一部春秋兩聖　文烹武煉傳承
自古會心付密　剎那即可永恆

八、赤兔喜為關騎　偃月削出忠義
幸遇一代真主　直可以身相許

九、演義演他自己　演說人生大戲
演得天真流露　演出乾坤第一

十、世上不齊等事　全憑一點真心
正直光明不屈　死生順逆當分

後記：《桃園明聖經》原文始於漢末、三國之時，後經朱熹夫子刪定，始成今日所見之玉泉真本。經文分為經序、原始、力學、道貌、節訓、經驗等六章，旨在宣揚忠孝廉節、倫常道德之儒家精神，輔以佛道之業報觀念。經首言「吾是漢關聖帝，敕諭大眾聽聞，世上不齊等事，全憑一點真心，正直光明不屈，死生順逆當分。」雖是經首，置於終曲亦有總結之意。貧賤富貴、聰明愚劣是世人的不齊，做人但憑此正直、光明、不屈之真心行走人間，順逆如是，窮通亦如是，此為趨吉避凶之道，亦是關聖帝君化世之心。帝君縱橫於三國，特將其事蹟寫成詩歌，曲調短截振奮。（方嚴）

不可思議－方嚴書法詩歌創作展

後記

民國六十三年，我進入輔大中文系，伊始修習書法，正式提筆寫字。當時陳師維德講授「中國書法」課程，我是一臉茫然，不知所云，以書法奧義難懂如此，當場差點嚇出一身冷汗。好在早對「柳骨」有點聞風，「玄祕塔」不知覺已上手，寫出個樣子來，第一次繳作業，老師給我九十分－全班第二高（第一高九十三分），這樣的激勵下，從此愛上書法，讓我走上書法的「不歸路」。

輔大書法風氣在故系主任王師靜芝鼓舞催化之下蔚然可觀，又有故李師普同帶領幾位大師兄於書法社推波，更鼎盛一時。其後，我晉升為書法社長、書畫學會會長，更是樂此不疲，竟以書法為主修，中文課程淪為選讀，還被某教授點名為「書法系」學生，語氣中讀出我是背叛者，一笑。

所謂「楷如立，行如行，草如走」，立是第一步，未有不能立而可行可走者，於是深入褚歐為事，又隸兼孔廟，紮下我往後書藝進路的步數。民國六十六年，我以臨寫「陰符經」榮登全國大專書法比賽首獎，這簡直是「不可思議」的事，自此，有機會獲李師首肯入「心太平室」習書，親炙「師法」，半年後，我自輔大畢業。盡記憶所及的是：李師曾云，學書須尚法古人，因為取法乎上，僅得乎中；取法乎中，僅得乎下；取法乎下，斯不類矣。我從此出入書法領域奉為圭臬，濡染李師書學之餘，上追晉唐，下迨明清，各體兼涉，幾年之間，有個梗概。

溯及既往，應是前世記憶罷，緣起了，感覺回來了，古人用筆精隨，我很容易就領會到，王壯為先生曾見我的書作曰「會耍筆」，後來我才體會米芾「要得筆，謂骨筋、皮肉、脂澤、風神皆全，猶如一佳士也。得筆，則雖細如髮亦圓；不得筆雖粗如椽亦扁。此屬心得，亦可入學」之意。執筆用筆之正確與否，影響書作之可觀。

民國七十二年，我一舉連中三元，獲教育部文藝創作獎、全省美展、台北市美展首獎，七十九年，又獲中山文藝書法獎殊榮，此後，在各種獎賽中缺席了，成了書法界的「城門者」。轉折是：在「使命」驅策之下，寄迹於一貫道場，宏揚一貫道義。後來，拗不過台南市立文化中心的屢次邀展，勉強披袍上陣，竟寫出不同於昔日勤練二王、沈尹默書風，再度覺得「不可思議」。展出期間，適逢李師仙逝，即告別式日搭機北上弔拜，式場竟無一人認得我，是「大隱於市曹」或是「書界過客」，莫能論定。

比年，我因為道場教務繁瑣，分身乏術，更自外於書界，樂當閒人，也因沒有展秀壓力，所以書作闕如，佳作自不可得。民國八十八年，台南市立文化中心策畫「府城國家級文藝獎得主」作品聯展，忝列其中，不得不以新舊作品填空，也算有了交待。四年後又入列一次，自此偶而被聘為評審，群審人總是在互投名刺後說，原來某某是你⋯⋯。

此次，陳明德老師盛情催生，邀我於明宗書法藝術館個展，我是誠惶誠恐再三推謝，一以距上次個展已近二十年矣，疏於操翰；再則晚近書藝人才輩出，各個爭妍鬥奇，流行書風，鎔古鑄今，獨擅一場，我是自愧弗如，亮現作品恐已不入時人眼；又扛著「國家級」書家頭銜，恐名實不符。後得陳師（維德）一句「傳統也是一種特色」勉勵之下，擠出「盡力之作」就教大家，忐忑之情一直蔓延。

現代書藝的創作，無疑地給傳統書法帶來了相當程度的沖洗激盪，「膽大翫（敢玩）維（多向思維）」、「除舊佈新」、「媒合中西」…展現不同的書貌，著實令人激賞。我自「膽小」，不敢妄作，徒施效顰，難登大雅，至於得意之作，也見證了當年功深之弗缺。而二十幾年來投身道場，因應需要而創作的詩歌，沒有音樂底子，看不懂樂譜，卻譜出幾十首梵唄、淨化歌曲，音樂出版社願意為我發行 CD，卻成了這次個展的題材之一，倒是冥冥之中的「不可思議」。

我曾應邀至書法研習營專講，由於對書論疏於鑽研，勉強以「書法與佛法」為題，琢磨所得：佛法者，佛在說法。佛說一切法，為度一切心，若無一切心，何須一切法。「萬法唯心，三界唯識」移植於書法，則書在說法，「一切唯心，書法唯識」，一切書法造作之均間、向背、覆載、避就、變化…不離唯心唯識。一切作品都是心識的面相，書家可以從書作中找到本來面目，一旦臻境，字相自然平衡合諧，瀟灑自在。二十幾年來的道場薰修，我從中看出一些端倪，也稍有眉目。

明傅山先生作書理念：「寧拙勿巧，寧醜勿媚，寧支離勿輕滑，寧真率勿安排；作字先作人，人奇字自古；寫字無奇巧，只有正拙，正極奇生，歸於大巧若拙已矣。」道盡書品人品不二，這正契合我當下的心境。進路上，我的領會是：先巧後拙、先媚後醜、先聯繫後支離、先安排後真率。因為基本功不深，字相自無討喜之理，也因而在我就讀中山大學中研所時，論文是：郭店簡「太一生水」研究，雖有涉及書法，但我卻闕而弗論。

子曰：「君子之德，風；小人之德，草；草上之風，必偃。」君子之所以孚望，乃其有德造成風氣。人品高，書品自然不低，洵不誣也。書而有德，乃是書家品德之投射，德（長年浸潤法書之氣質）大風大，德小風小；德大成就大年大域，必然是大家；德小成就小年小域，當然只是小家。論語載孔子言「志於道，據於德，依於仁，游於藝」，德之上有道，從書而有德，進而之道，游藝（偏狹的藝）的境界始寬始大，這是一種個人領會的「遊戲三昧」。

書法寫好寫壞是一回事，因為那是我的本生，突破框架的束縛，卻是我從方外所得，一貫道場的潛修，讓我體會了這兩件「不可思議」的事。

方嚴
2012/8/17

補述：

二〇一二年，拗不過陳明德老師的盛情邀請，我的重出江湖序幕在「明宗書法藝術館」被揭開了，當時用「方嚴書法詩歌創作展」發行一本四十頁的小專輯記錄我復出的「大事」，心裡有一份驚喜在。因為它是我的第一本專輯，也因為它是第一本，所以慎重其事地請蔡明讚老師寫了一篇刊頭，自己也煞有介事寫了一篇短文，勉強鑲入書眉，此文即是我睽違書界二十年的心情。後來陸續於台南文化中心、大墩文化中心展秀，承大墩寵愛，為我製作「書應本生」專輯，又蒙杜忠誥老師題籤，欣喜之餘，本想就此打住。意外的是，維公的一句鼓勵的話－台北是京城。於是我上來了，再度拜會這曾經令我懸念的地方。

一九七七年，我榮獲全國大專書法比賽第一名，地點就在「國父紀念館」，所以說它是一個令我懸念的地方，是書法界後來還會偶而記起方某卻不知道方某發跡的地方，也是讓我「依稀記得」原來過去世中曾經有習字經驗的地方，所以，這次個展令我彌足珍惜，所以這個地方值得永矢。

復出後，個人深忖，當今眾多書家擠破心思，求新求變、求詭求異、騰矯不已，我生性魯鈍，標新不得立異不敢，還是只能守住傳統經典的那一絲血脈，所以作品大抵如此呈現。不過，無意中聽來的一句話－唯有經典才能傳承－卻深嵌我心，也給出對我的鼓勵。此外，也放入一些較可理解的元素於書作中，並以「不可思議」發行專輯就教於諸方家，亦以為誌記。

值得歡喜的是，這次專輯中，集合了教授、師長、同道的點評，書齋學生、同修的賞析，讓師生一起腦力激盪，發揮想像力、解析力，應算是創舉，懇祈大德指教。感謝，林進忠教授作序，陳維德教授（維公）、杜忠誥教授、黃宗義教授、黃志煌教授、黃智陽教授、劉瑩教授、林俊臣教授、郭芳忠教授、柯耀程教授、林榮森博士、李憲專博士、蘇英田博士、羅笙倫博士、張枝萬博士、盧毓騏博士、蔡江東博士、陳志聲博士、蔡明讚社長、陳明德總監、張日廣理事長…，枝興、鄭銘、豪志、清江、同慶、士澎、裕聖、陳墨、友章、仁德、培瑜、芳妙、錦雀、乃云、懷雅…等的點評、點閱。也感謝王美美女史的情義相挺，接下主持棒。最後感謝薛平南教授極力推薦，讓我得以展秀於國家之都。蒙天恩師德，可以半聖半凡地行走人間，這一切的成就均迴向於有恩於我之神、人。展秀於首都之區國家殿堂，賢達駢肩，誠惶誠恐之心持續發酵呢！

方嚴簡歷

方嚴 本名連全 以字行
一九五四年十月生
南安國小
金城初中
台南一中
輔仁大學
中山大學中研所碩士
明道大學國學所博士
師承李普同教授 陳維德教授
設硯旅盦 無隅盦

書法

一九八二	方嚴書法展於台南市南區圖書分館
一九八四	方嚴師生展（一九八六、一九八八又展）
一九八五	應邀「全省美展四十年回顧展」
一九九一	擔任「南瀛藝術獎視覺藝術類」評審
一九九三	應邀「府城國家級文藝獎得主」聯展—專輯
一九九四	擔任「屏東美術家聯展」評審
一九九七	擔任「第三屆台南市美術展覽」書法類評審
一九九八	方嚴書法與詩歌創作展於台南市立文化中心
一九九九	擔任台南市救國團辦理「書法新觀念」講師
	應邀「府城國家級文藝獎得主」聯展—專輯
二〇〇二	出版《方嚴寫詩集》（楷書）
二〇〇三	應聘台南女中書法老師
二〇〇五	擔任國立台南大學「書法才藝師資培訓班」講師
二〇〇六	擔任「第七屆明宗獎全國書法篆刻比賽」評審
	國立中山大學中研所畢業 論文-郭店簡《太一生水》研究
	擔任「南瀛藝術獎視覺藝術類」評審
二〇〇七	應聘台南大學中文系兼任講師
	擔任國立台南大學「第一屆文藝獎」評審
二〇〇九	擔任交通部高雄港務局「翰墨飄香」評審
二〇一〇	擔任「南瀛藝術獎視覺藝術類」評審
二〇一一	擔任交通部高雄港務局「翰墨飄香」評審
	應邀「中華民國建國百年當代翰墨風雲大展」
二〇一二	應邀南鯤鯓代天府「百年百福百家書畫展」
	方嚴書法詩歌創作展於高雄明宗書法藝術館—專輯
二〇一三	方嚴六十專區書法展於台南市立文化中心
二〇一五	擔任「水沙連全國書法比賽」評審
	書應本生-方嚴書法詩歌創作展於台中大墩文化中心—專輯
二〇一八	不可思議-方嚴書法詩歌創作展於國父紀念館—專輯

詩歌&音樂

一九九三	「一盞心燈」詩歌音樂帶發行（音樂中國）
一九九四	「濟公活佛」佛曲CD發行（太和影音）此曲獲選為「八千里路雲和月」最佳背景音樂之一
	「南無彌勒佛」佛曲CD發行（太和影音）
	「愿懺文」佛曲CD發行（太和影音）
一九九五	「菩提吟」、「蓮花淨土」CD發行（諦聽文化）
一九九七	「彌勒佛」CD發行（諦聽文化）
一九九九	「黃昏菩提」CD發行（諦聽文化）
二〇〇〇	「一點真心」、「水連天碧」CD發行（諦聽文化）
二〇〇四	「太一音樂工作室」成立

作品參展

一九七六	輔大第一屆書法比賽第一名
一九七七	全國書法比賽大專組第一名
一九七八	第一屆全國大專書法創作獎大學組第一名
一九八〇	國軍文藝獎書法部第二名
	全省美展書法大會獎
一九八一	中日書法比賽社會組第一名
一九八二	國風畫展書法第一名
一九八三	青年文藝創作獎第二名
	教育部文藝創作獎第一名
	第卅八屆全省美展第一名
	第十一屆北市美展第一名
一九九〇	國家中山學術文藝書法獎

不可思議

2018/8/3~15 國父紀念館逸仙藝廊
2023/2/10~26 台南文化中心
2023/3/10~21 高雄市文化中心

出版者	方嚴
創作者	方嚴
地址	701 臺南市崇善一街 43 巷 40 號
電話	06-289 2611、0922-520597
設計印刷	優格廣告攝影有限公司
地址	701 臺南市東門路三段 37 巷 40 弄 6 號
電話	06-2680320
出版日期	中華民國 112 年 2 月再版
定價	新臺幣一〇〇〇元
ISBN	978-957-43-5795-6（平裝）

國家圖書館出版品預行編目資料：

不可思議 : 方嚴書法詩歌創作專輯 / 方嚴創作 . -- 臺南市 : 方嚴 , 民 107.08
面；　公分

ISBN 978-957-43-5795-6(平裝)

1. 書法 2. 作品集

943.5　　107012020

總經銷 蕙風堂筆墨有限公司
新北市中和區建康路 130 號 4 樓之 4
電話：02.8221.4694~6
傳真：02.8221.4697
郵撥帳戶：05455661 蕙風堂筆墨有限公司

ISBN 978-957-43-5795-6
9 789574 357956